AF609521

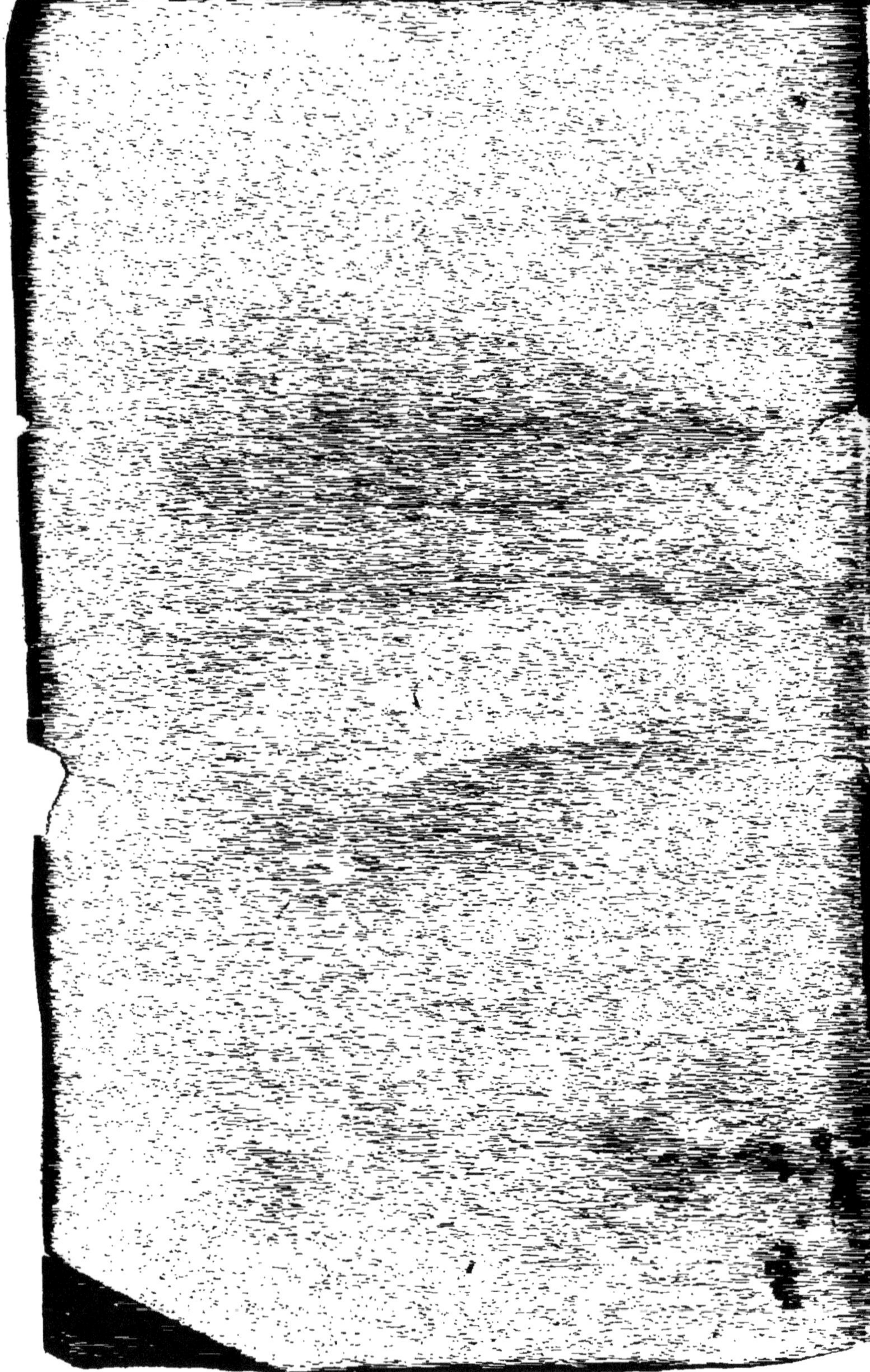

PETITE BIBLIOTHÈQUE DES ÉCOLES PRIMAIRES. — 2e. SÉRIE, No. 5.

LA SCIENCE

Du Bonhomme

RICHARD,

ET AUTRES OPUSCULES

DE FRANKLIN.

PRIX : BROCHÉ 4 SOUS ; ET CARTONNÉ 5 SOUS.

PARIS,

LIBRAIRIE CLASSIQUE DE L. HACHETTE,

RUE PIERRE-SARRAZIN, 12.

1835.

LA SCIENCE

DU

BONHOMME RICHARD,

ET AUTRES OPUSCULES

DE FRANKLIN.

Vie de Franklin.

BENJAMIN FRANKLIN est né à Boston, le 17 janvier 1706, de parents très-pauvres. Son père avait eu dix-sept enfants; Benjamin, comme le dernier de tous, fut d'abord destiné à l'état ecclésiastique, et placé dans une école à l'âge de huit ans. Mais son père trouva bientôt que les frais de cette éducation surpassaient ses moyens, et il se contenta pour son fils d'une école plus modeste, où il apprit à lire, à écrire et à compter. Puis il le reprit à l'âge de dix ans, et le fit travailler dans sa maison à son métier de fabricant de chandelles. Le jeune Franklin, montrant peu d'aptitude pour cette profession, fut placé chez un coutelier, où il resta fort peu de temps.

Déjà il avait un goût décidé pour la lecture; il employait le peu d'argent dont il pouvait disposer à acheter des livres, et dans ses moments de loisir il dévorait tous ceux qui lui tombaient sous la main. Les vies des hommes illustres de Plutarque, qu'on lui avait prêtées, eurent pour lui un attrait singulier. Joseph Franklin, voyant la passion de Benjamin pour les livres, se détermina à le placer comme apprenti chez James Franklin, l'un de ses fils, qui était imprimeur. Du reste, le jeune ouvrier n'obtint chez son frère aucune faveur, car il devait rester en apprentissage jusqu'à vingt-et-un ans, et ne recevoir le salaire d'un ouvrier que la dernière année; mais il pouvait du moins satisfaire plus aisément sa passion d'instruction, et d'ailleurs il était à une excellente école, James ayant une grande réputation comme imprimeur. Franklin lisait la nuit et le matin avant de se rendre à son atelier, ne voulant pas que ses distractions nuisissent à l'accomplissement de ses devoirs. C'est ainsi que peu à peu il se forma l'esprit et acquit sans maître une instruction très-étendue. Il imagina un jour de composer une pièce de vers, que son frère consentit à imprimer et qui eut à Boston un certain succès. Mais son père eut le bon sens de le détourner de ce genre d'occupation, et lui fit aisément comprendre qu'en composant de méchants vers on s'expose à mourir de faim. Dès lors Franklin renonça à la poésie et s'appliqua à écrire purement en prose.

En 1720, James commença à imprimer une gazette; c'était alors la seconde qui paraissait en Amérique. Cette nouvelle entreprise amenait à l'imprimerie les personnes qui travaillaient au journal de James Franklin, et le jeune Benjamin, en les entendant discourir, eut la fantaisie de composer des articles; mais il craignit les critiques de son frère, et glissa son manuscrit sous la porte de l'imprimerie, en ayant soin de contrefaire son écriture. L'article anonyme fut imprimé et goûté du public, de manière que Franklin put jouir de sa gloire sans être connu. Il se découvrit enfin, et continua de faire insérer dans le nouveau journal quelques articles.

Il paraît que des discussions s'étant élevées entre les deux frères, Franklin prit le parti de quitter l'imprimerie de James. Il alla d'abord à New-York, puis à Philadelphie, où il arriva avec un seul dollar dans sa poche.

Mais il savait son état d'imprimeur. et trouva de l'emploi chez un nommé Keimer. Il était depuis quelque temps dans cette maison, et avait déjà fait des économies, lorsqu'il attira l'attention du gouverneur de la province, qui lui persuada d'entreprendre le voyage de Londres. Il lui avait fait de magnifiques promesses de fortune, qui ne se réalisèrent pas; et quand Franklin arriva dans la capitale de l'Angleterre, il n'eut d'autre ressource que d'aller demander de l'ouvrage dans une imprimerie. Son unique désir était d'amasser un petit trésor afin de retourner dans sa patrie. Il s'était lié d'amitié avec un individu nommé Ralph, qui lui emprunta son argent pour ne jamais le lui rendre. Il fallut donc que Franklin travaillât sur nouveaux frais; mais que ne peuvent l'ordre et l'économie! Franklin servait de modèle à ses camarades, et son exemple les engagea à adopter un genre de vie parfaitement régulier. Dès qu'il eut réuni une somme suffisante, il songea à retourner dans son pays. Un négociant le prit à son service comme commis, et l'emmena à Philadelphie. Franklin quitta Londres au mois de juillet 1726.

Quelques mois après son retour, il se plaça de nouveau chez l'imprimeur Keimer, qui, plein de confiance en son expérience et en son habileté, lui laissa la direction de sa maison. Dans cette position Franklin put aspirer à un état indépendant; et en effet il s'associa avec un nommé Méredith pour fonder une imprimerie. La prospérité de cet établissement fut due principalement à son infatigable activité. En 1729, Méredith s'étant retiré des affaires, Franklin resta seul à la tête de la maison, qui prit un accroissement rapide. C'est à peu près vers cette époque

(1730) qu'il se maria à miss Read, dont les rares qualités firent le bonheur de toute sa vie.

Une fois sur la route de la fortune, Franklin se livra avec plus d'ardeur que jamais à l'étude des choses utiles. On lui doit la fondation d'une société qui s'assemblait une fois par semaine, et dont les membres étaient tenus de proposer tour à tour des questions de morale et de politique. Il imagina le premier le plan d'une bibliothéque publique, car les livres étaient à cette époque très-rares en Amérique. Enfin, croyant avec raison que la meilleure manière d'instruire le peuple est de donner un but utile aux ouvrages qu'il lit, il commença en 1732 la publication de l'*Almanach du bonhomme Richard*, modèle achevé de tous les ouvrages de ce genre, où les préceptes de la plus pure morale ont ce tour piquant et naïf qui les grave dans la mémoire. *La Science du bonhomme Richard*, qui fait partie de notre recueil et qui en est le plus bel ornement, n'est que le résumé substantiel de ce qu'il y a de plus utile dans l'almanach.

Ces travaux et ces fondations avaient popularisé le nom de Franklin. Ses concitoyens lui accordèrent une grande marque d'estime; il fut nommé en 1736 secrétaire de l'assemblée générale de Pensylvanie, et revêtu quelque temps après des fonctions de maître des postes, place qui lui fournit l'occasion de faire encore plus de bien. Il n'usa de son crédit que pour doter la ville de Philadelphie d'établissements utiles. Par ses soins fut créée une compagnie contre les incendies; c'est à lui qu'on doit le projet d'organisation d'une milice nationale destinée à repousser les incursions des Indiens; il fonda par souscription une académie et un collége, ainsi qu'un hôpital.

Grâce à l'aisance qu'il avait honorablement acquise, il put quitter son commerce, et l'activité de son esprit se porta alors vers les découvertes d'une application journalière. Il inventa des cheminées économiques; et, ce qui est plus admirable encore, il arriva par des expériences très-ingénieuses à découvrir le moyen de mettre nos habitations à l'abri de la foudre : Franklin est l'inventeur des paratonnerres.

Lorsque des discussions s'élevèrent entre les colonies d'Amérique et le gouvernement anglais au sujet des impôts, les colonies chargèrent Franklin de leurs intérêts, et l'envoyèrent à Londres défendre leur cause. Il parut à la barre du parlement anglais le 3 février 1766, et répondit à toutes les questions qui lui furent adressées avec une simplicité, une présence d'esprit et une énergie admirables. Les actes dont les colonies avaient à se plaindre furent rapportés. C'était un bien beau succès pour le ci-devant ouvrier imprimeur, dont le nom était alors dans toutes les bouches.

Franklin ne désirait pas une rupture entre l'Angleterre et ses colonies. D'un caractère naturellement conciliant, il fit tous ses efforts pour aplanir les difficultés et rétablir la bonne harmonie; mais ses conseils ne furent pas écoutés. Le gouvernement anglais prétendait avoir le droit d'établir en Amérique des contributions nouvelles sans le consentement des colons. D'un autre côté, les colons protestaient contre cette manière de procéder, et criaient à la violation de leurs priviléges. La querelle s'envenima de plus en plus. Une résistance très-vive, accompagnée de violences, éclata dans la ville de Boston; des troupes furent alors envoyées en Amérique pour rétablir l'ordre et contraindre les colonies à l'obéissance. Franklin, désespérant d'obtenir justice par la persuasion, quitta Londres en 1775, et retourna dans sa patrie. A peine fut-il revenu à Philadelphie, qu'il fut élu membre du congrès qui s'était réuni pour aviser aux moyens de lutter contre l'Angleterre. Le 14 juillet 1776, fut rendue la mémorable déclaration par laquelle le congrès proclamait comme état indépendant les treize colonies de l'Amérique septentrionale, et brisait le dernier lien qui les attachait à l'Angleterre.

Quelques revers furent d'abord essuyés par les Américains, qui songèrent alors à se faire des alliés. Franklin, dont on avait déjà éprouvé la prudence et l'habileté dans l'art de négocier, s'offrait naturellement au choix de ses concitoyens; il fut envoyé en France afin de déterminer le gouvernement français à embrasser la cause américaine. Son nom était célèbre parmi nous, car ses découvertes et ses ouvrages populaires y avaient pénétré, et l'accueil qu'il reçut à Paris surpassa toutes ses espérances. On s'empressait autour de cet homme simple et modeste dont la renommée s'était tant occupée, et les personnes les plus illustres de l'époque crurent s'honorer en allant lui rendre visite. Il réussit complétement dans sa mission, et signa, le 6 février 1778, un traité d'alliance offensive et défensive avec la France.

Franklin avait fixé sa résidence à Passy, près de Paris. C'est là qu'il se plut à cultiver d'agréables relations; il vivait en philosophe dans cette modeste retraite, et se délassait des travaux de la politique par le commerce des lettres. Pendant son séjour en France, il écrivit plusieurs morceaux en français; nous en avons cité quelques-uns dans ce recueil; on s'aperçoit à peine qu'ils soient sortis d'une plume étrangère.

Mais malgré l'accueil bienveillant qu'il avait reçu parmi nous et tout l'attachement qu'il portait à la France, Franklin, qui était alors très-âgé, ne voulait pas mourir loin de sa patrie; il demanda son rappel, et s'embarqua pour l'Amérique en 1785. Son retour à Philadelphie fut un véritable triomphe : une foule immense accourut au devant du vénérable vieillard, qui fut porté chez lui dans les bras du peuple. Il continua, malgré ses infirmités, à s'occuper des affaires publiques, et put assister au succès définitif d'une cause à laquelle il avait consacré les plus belles années de sa vie : il eut le bonheur de voir sa patrie libre et heureuse.

Franklin, tourmenté depuis plusieurs années par la goutte et la pierre, fut attaqué, au commencement d'avril 1790, d'une fièvre violente qui résista à tous les secours de l'art. Le 17 du même mois, ce grand homme rendit le dernier soupir; il était âgé de quatre-vingt-quatre ans et trois mois.

Le congrès ordonna un deuil national d'un mois, et jamais funérailles n'avaient réuni un plus grand concours de spectateurs. L'Amérique venait de perdre l'un de ses plus illustres citoyens, et l'humanité l'un de ses plus ardents apôtres.

Sa mort fut admirable comme l'avait été sa vie, et il accomplit cette dernière épreuve en philosophe chrétien.

Pour faire mieux apprécier l'âme de Franklin, il suffira de citer quelques extraits de son testament:

« Je suis né à Boston, et je dois mes premières instructions littéraires aux écoles gratuites de grammaire qui y sont établies. En conséquence, je donne à mes exécuteurs testamentaires cent livres sterling (1), qui seront par eûx, ou par le survivant d'eux, payées aux supérieurs ou directeurs des écoles gratuites de ma ville natale de Boston, pour être par eux, ou par quiconque aura le gouvernement ou la direction desdites écoles, placées à intérêt perpétuel; et afin que le produit en soit employé à acheter des médailles d'argent, destinées à être distribuées par les directeurs, à titre de récompense honorifique, parmi les écoliers, de la manière qui sera jugée convenable par les notables de la ville. — Sur le traitement qui me reste dû comme président de l'état de Pensylvanie, je donne deux mille livres sterling (2) pour être employées à rendre navigable la rivière de Schylkill (3)....

» ... Pendant que j'ai été dans les affaires comme papetier, imprimeur et maître des postes, une grande quantité de petites sommes me sont restées dues pour impression, vente de livres et de papier, ports de lettres et autres objets; je n'en avais pas fait le recouvrement, lorsqu'en 1757 je fus envoyé par l'assemblée de Pensylvanie comme son agent en Angleterre, où des ordres subséquents me retinrent jusqu'en 1775; à mon retour, à cette époque, je me trouvai sur-le-champ occupé par les affaires du congrès; puis, en 1776, je fus envoyé en France, où je restai neuf ans, n'en étant revenu qu'en 1785; et lesdites créances n'ayant pas été réclamées par moi pendant ce long espace de temps, sont devenues comme pres-

---

(1) Environ 2,324 fr.

(2) Environ 46,480 fr.

(3) Rivière de la Pensylvanie, qui passe à Philadelphie.

crites, tout en me restant néanmoins dues légitimement. Elles sont portées dans mon grand-livre de compte E. Je donne et lègue ces créances à l'hôpital de Pensylvanie, espérant que ceux de mes débiteurs ou de leurs héritiers qui pourraient maintenant faire quelques difficultés pour acquitter, comme légalement exigibles, des dettes si anciennes, se détermineront à les payer à titre de charité pour cet excellent établissement....

» ... J'ai remarqué que, parmi les artisans, les bons apprentis deviennent ordinairement de bons citoyens; j'ai moi-même fait l'apprentissage d'un métier, de l'imprimerie, dans ma ville natale; et ensuite, à l'aide de prêts qui m'ont été faits par deux bons amis, je me suis établi à Philadelphie, ce qui a été le fondement de ma fortune et de tout ce que ma vie a pu avoir d'utilité. Je désire faire du bien, même après ma mort, s'il est possible, en contribuant à l'instruction et à l'avancement d'autres jeunes gens qui puissent rendre service à leur pays dans ces deux villes; je consacre pour cet objet deux mille livres sterling, dont je donne une moitié aux habitants de Boston, état de Massachusetts, et l'autre moitié à ceux de Philadelphie, pour l'usage et dans le but dont je vais parler.

» Si les habitants de Boston acceptent ladite somme de mille livres, elle sera administrée par des citoyens de leur choix, lesquels la prêteront, à cinq pour cent d'intérêt par an, à de jeunes artisans mariés, au-dessous de vingt-cinq ans, qui auront fait leur apprentissage dans ladite ville, et qui auront rempli leurs devoirs et satisfait aux obligations de leurs brevets d'apprentissage, de manière à obtenir un certificat de bonnes mœurs, signé au moins de deux citoyens respectables; il faudra de plus que ces deux citoyens consentent à se porter cautions pour le remboursement aux échéances et pour le payement des intérêts... Les administrateurs tiendront un ou plusieurs livres sur lesquels seront enregistrés les noms de ceux qui demanderont et qui recevront un emprunt, les noms de leurs cautions, le montant des sommes prêtées, les dates, et tous les autres renseignements nécessaires pour la régularité et pour la sûreté des opérations....

» Je désire que toutes les dispositions que je viens d'indiquer relativement à l'administration de la somme que je lègue aux habitants de Boston, soient également suivies à l'égard de celle que je laisse à ceux de Philadelphie....

» Je désire être enterré à côté de ma femme, s'il est possible, et que le lieu de notre sépulture soit couvert d'un marbre taillé par Chambers, de six pieds de long sur quatre de large, sans autre ornement qu'une petite moulure tout autour, avec cette inscription:

BENJAMIN
ET
DÉBORAH } FRANKLIN.

» Je donne ma belle canne de pommier sauvage, surmontée d'une pomme d'or curieusement travaillée en bonnet de liberté, à mon ami, à l'ami du genre humain, le général Washington. Si c'était un sceptre, elle serait digne de lui, et bien placée dans sa main.... »

Ces dernières dispositions ont été écrites par Franklin le 23 juin 1789, c'est-à-dire dix mois avant sa mort. Il laissait une fortune considérable qu'il avait légitimement acquise par son travail, et l'on voit que les legs qu'il fit furent tous dictés par le désir d'être utile à la classe pauvre et laborieuse d'où il était sorti.

Franklin est un modèle qu'on ne peut trop étudier et admirer. Sans aïeux et sans aucune fortune, il parvint aux premières charges de la république, qu'il contribua à fonder, et il acquit un nom qui ne périra jamais.

L. S.

FIN DE LA NOTICE SUR FRANKLIN.

LA SCIENCE
DU BONHOMME RICHARD,
ET AUTRES OPUSCULES
DE FRANKLIN.

I.

LA SCIENCE DU BONHOMME RICHARD,
OU LE CHEMIN DE LA FORTUNE.

Ami lecteur,

J'ai ouï dire que rien ne fait autant de plaisir à un auteur que de voir ses ouvrages cités avec vénération par d'autres savants écrivains. Il m'est rarement arrivé de jouir de ce plaisir ; car, quoique je puisse dire, sans vanité, que, depuis un quart de siècle, je me suis fait annuellement un nom distingué parmi les auteurs (d'almanachs), il ne m'est guères arrivé, j'ignore pour quel motif, de voir mes confrères les écrivains dans le même genre, m'honorer de quelques éloges, ni aucun auteur faire la moindre mention de moi ; de sorte que, sans le petit profit effectif que j'ai fait sur mes productions, la disette d'applaudissements m'aurait totalement découragé.

J'ai conclu à la fin que le meilleur juge de mon mérite était le peuple, puisqu'il achetait mon almanach, d'autant plus qu'en me répandant dans le monde, sans être connu, j'ai souvent entendu répéter par celui-ci ou celui-là quelqu'un de mes ada ges, en ajoutant à la fin : *Comme dit le bonhomme Richard.* Cela m'a fait quelque plaisir, et m'a prouvé que non seulement on faisait cas de mes leçons, mais qu'on avait encore quelque respect pour mon autorité, et j'avoue que, pour encourager d'autant plus le monde à se rappeler mes maximes et à les répéter, il m'est arrivé quelquefois de me citer moi-même du ton le plus grave. Jugez d'après cela combien je dus être content d'une aventure que je vais vous rapporter.

Je m'arrêtai l'autre jour à cheval dans un endroit où il y avait beaucoup de monde assemblé pour une vente publique. L'heure n'était pas encore venue, la compagnie causait sur la dureté des temps ; et quelqu'un s'adressant à un personnage en cheveux blancs, et assez bien mis, lui dit : « Et vous, père » Abraham, que pensez-vous de ce temps ci ? N'êtes-» vous pas d'avis que la pesanteur des impositions » finira par ruiner entièrement le pays ? car com-» ment faire pour les payer ? que nous conseilleriez-» vous ? » Le père Abraham se mit à réfléchir, puis il répondit : « Si vous voulez savoir ma façon de » penser, je vais vous la dire en peu de mots : *car » un mot suffit à qui sait entendre. Ce n'est pas la quan-» tité de mots qui remplit le boisseau* : comme dit le » bonhomme Richard. » Tout le monde se réunit pour engager le père Abraham à parler ; et l'assemblée s'étant approchée en cercle autour de lui, il tint le discours suivant :

« Mes chers amis et bons voisins, il est certain que les impôts sont très-lourds. Cependant, si nous n'avions à payer que ceux que le gouvernement nous demande, nous pourrions espérer d'y faire face plus aisément ; mais nous en avons beaucoup d'autres, et qui sont bien plus onéreux pour quelques-uns de nous. Notre paresse nous coûte le double de ce que nous prend le gouvernement, notre orgueil le triple, et notre extravagance le quadruple. Ces impôts sont d'une telle nature, qu'il n'est pas possible aux commissaires de nous en délivrer ni d'en diminuer le poids. Toutefois, si nous voulons écouter un bon conseil, il y a quelque chose à espérer pour nous; car, comme dit le bonhomme Richard dans son almanach de 1733: *Dieu dit à l'homme : Aide-toi, je t'aiderai.*

I. » S'il existait un gouvernement qui obligeât les sujets à donner régulièrement la dixième partie de leur temps pour son service, on trouverait assurément cette condition fort dure; mais la plupart d'entre nous sont taxés, par leur paresse, d'une manière beaucoup plus tyrannique. Car, si vous comptez le temps que vous passez dans une oisiveté absolue, c'est-à-dire ou à ne rien faire, ou dans des dissipations qui ne mènent à rien, vous trouverez que je dis vrai. L'oisiveté amène avec elle des incommodités et raccourcit sensiblement la durée de la vie. *L'oisiveté*, comme dit le bonhomme Richard, *ressemble à la rouille, elle use beaucoup plus que le travail; la clef dont on se sert est toujours claire.* Mais *si vous aimez la vie*, comme dit encore le bonhomme Richard, *ne prodiguez pas le temps, car c'est l'étoffe dont la vie est faite.* Combien de temps ne donnons-nous pas au sommeil au delà du nécessaire? Nous oublions que *le renard qui dort ne prend pas de poules*, et que *nous aurons assez de temps à dormir quand nous serons dans le cercueil.* Si le temps est le plus précieux des biens, *la perte du temps*, comme dit le bonhomme Richard, *doit être aussi la plus grande des prodigalités, puisque*, comme il le dit ailleurs, *le temps perdu ne se retrouve jamais, et que ce que nous appelons* assez de temps *se trouve toujours trop court.* Courage donc, et agissons pendant que nous le pouvons. Moyennant l'activité, nous ferons beaucoup plus avec moins de peine. *La paresse rend tout difficile; le travail rend tout aisé. Celui qui se lève tard s'agite tout le jour, et commence à peine ses affaires qu'il est déjà nuit. La paresse va si lentement que la pauvreté l'atteint bientôt. Poussez vos affaires, et que ce ne soit pas elles qui vous poussent. Se coucher de bonne heure et se lever matin, procure santé, fortune et sagesse.* Que signifient les désirs et les espérances de temps plus heureux? Nous rendrons le temps meilleur si nous savons agir. *Le travail*, comme dit le bonhomme Richard, *n'a pas besoin de souhaits. Celui qui vit d'espérance court risque de mourir de faim. Il n'y a point de profit sans peine.* Il faut me servir de mes mains, car je n'ai point de terres, ou, si j'en ai, elles sont fortement imposées; et, comme le bonhomme Richard l'observe avec raison, *un métier vaut un fonds de terre : une profession est un emploi qui réunit honneur et profit.* Mais il faut travailler à son métier, et suivre sa profession; autrement ni le fonds, ni l'emploi, ne nous aideront à payer nos impôts. Quiconque est laborieux n'a point à craindre la disette; *car la faim regarde à la porte de l'homme laborieux, mais elle n'ose pas y entrer.* Les commissaires et les huissiers n'y entreront pas non plus; *car le travail paye les dettes, et le désespoir les augmente.* Il n'est pas nécessaire que vous trouviez des trésors, ni que de riches parents vous fassent leur légataire. *L'activité*, comme dit le bonhomme Richard, *est la mère de la prospérité, et Dieu ne refuse rien au travail. Labourez pendant que le paresseux dort, vous aurez du blé à vendre et à garder.* Labourez pendant tous les instants qui s'appellent aujourd'hui, car vous ne pouvez pas savoir tous les obstacles que vous rencontrerez le lendemain. C'est ce qui fait dire au bonhomme Richard : *Un bon aujourd'hui vaut mieux que deux demain.* Et encore : *Ne remettez jamais à demain ce que vous pouvez faire aujourd'hui.*

» Si vous étiez le domestique d'un bon maître, ne seriez-vous pas honteux qu'il vous surprît les bras croisés?— Mais vous êtes votre propre maître. — Rougissez donc de vous surprendre vous-même dans l'oisiveté, lorsque vous avez tant à faire pour vous, pour votre famille, pour votre patrie, pour votre prince. Levez-vous donc dès le point du jour; *que le soleil, en regardant la terre, ne puisse pas dire : Voilà un lâche qui sommeille.* Point de remise, saisissez vos outils, et souvenez-vous, comme dit le bonhomme Richard, *qu'un chat en mitaines ne prend point de souris*. — Vous me direz qu'il y a beaucoup à faire, et que vous n'avez pas la force. — Cela peut être; mais ayez la volonté et la persévérance, et vous verrez des merveilles; car, comme dit le bonhomme Richard dans son almanach, je ne me souviens pas bien dans quelle année, *l'eau qui tombe constamment goutte à goutte, finit par creuser la pierre. Avec du travail et de la patience, une souris coupe un câble, et de petits coups répétés abattent de grands chênes.*

» Il me semble entendre quelqu'un de vous me dire : — « Est-ce qu'il ne faut pas prendre quelques instants de loisir? » — Je vous répondrai, mon ami, ce que dit le bonhomme Richard : *Employez bien votre temps, si vous voulez mériter le repos; et ne perdez pas une heure, puisque vous n'êtes pas sûr d'une minute.*

» Le loisir est un temps qu'on peut employer à quelque chose d'utile. Il n'y a que l'homme vigilant qui puisse se procurer cette espèce de loisir auquel le paresseux ne parvient jamais. *La vie tranquille*, comme dit le bonhomme Richard, *et la vie oisive, sont deux choses fort différentes.* Croyez-vous que la paresse vous procurera plus d'agrément que le travail? Vous avez tort; car, comme dit encore le bonhomme Richard, *la paresse engendre les soucis, et le loisir sans nécessité produit des peines fâcheuses. Bien des gens voudraient vivre sans travailler, par leur seul esprit; mais ils échouent faute de fonds.* Le travail, au contraire, amène à sa suite les aises, l'abondance, la considération. *Les plaisirs courent après ceux qui les fuient. La fileuse vigilante ne manque jamais de chemise. Depuis que j'ai un troupeau et une vache, chacun me donne le bonjour*, comme dit très-bien le bonhomme Richard.

II. » Mais indépendamment de l'amour du travail, il faut encore avoir de la constance, de la résolution et des soins; il faut voir ses affaires avec ses propres yeux, et ne pas trop s'en rapporter aux autres; car, comme dit le bonhomme Richard, *je n'ai jamais vu un arbre qu'on change souvent de place, ni une famille qui déménage souvent, prospérer autant que d'autres qui sont stables.* Et ailleurs : *Trois déménagemens font le même tort qu'un incendie. Gardez votre boutique, et votre boutique vous gardera. Si vous voulez faire votre affaire, allez-y vous-même ; si vous voulez qu'elle ne soit pas faite envoyez-y. Pour que le laboureur prospère, il faut qu'il conduise lui-même sa charrue. L'œil d'un maître fait plus d'ouvrage que ses deux mains. Le défaut de soins fait plus de tort que le défaut de savoir. Ne point surveiller ses ouvriers, c'est livrer sa bourse à leur discrétion.* Le trop de confiance dans les autres est la ruine de bien des gens ; car, comme dit l'almanach, *dans les affaires de ce monde, ce n'est pas par la foi qu'on se sauve, c'est en n'en ayant pas.* Les soins qu'on prend pour soi-même sont toujours profitables ; car, *le savoir est pour l'homme studieux, et les richesses pour l'homme vigilant, comme la puissance pour la bravoure, et le ciel pour la vertu. Si vous voulez avoir un serviteur fidèle et que vous aimiez, servez-vous vous-même.* Le bonhomme Richard conseille la circonspection et le soin, par rapport aux objets même de la plus petite importance, parce qu'il arrive souvent qu'une légère négligence produit un grand mal. *Faute d'un clou,* dit-il, *le fer d'un cheval se perd ; faute d'un fer, on perd le cheval ; et faute d'un cheval, le cavalier lui-même est perdu, parce que son ennemi l'atteint et le tue ; et le tout pour n'avoir pas fait attention à un clou au fer de sa monture.*

III. » C'en est assez, mes amis, sur le travail et sur l'attention que l'on doit donner à ses propres affaires ; mais, après cela, nous devons avoir encore l'économie, si nous voulons assurer le succès de notre travail. Si un homme ne sait pas épargner à mesure qu'il gagne, il mourra sans avoir un sou, après avoir été toute sa vie collé sur son ouvrage. *Plus la cuisine est grasse,* dit le bonhomme Richard, *plus le testament est maigre. Bien des fortunes se dissipent en même temps qu'on les gagne, depuis que les femmes ont négligé les quenouilles et le tricot pour la ta-*

ble à thé, et que les hommes ont quitté pour le punch la hache et le marteau. Si vous voulez être riche, dit-il dans un autre almanach, *n'apprenez pas seulement comment on gagne, sachez aussi comment on ménage. Les Indes n'ont pas enrichi les Espagnols, parce que leurs dépenses ont été plus considérables que leurs profits.*

» Renoncez donc à vos folies dispendieuses, et vous aurez moins à vous plaindre de la dureté des temps, de la pesanteur des impôts et des charges de vos maisons; car, comme dit le bonhomme Richard, *les femmes, le vin, le jeu et la mauvaise foi diminuent la fortune et augmentent les besoins. Il en coûte plus cher pour entretenir un vice que pour élever deux enfants.* Vous pensez peut-être qu'un peu de thé, un peu de punch de fois à autre, qu'une table un peu plus délicate, des habits un peu plus beaux, une petite partie de plaisir de loin en loin, ne peuvent pas être de grande conséquence; mais souvenez-vous de ce que dit le bonhomme Richard : *Un peu, répété plusieurs fois, fait beaucoup.* Soyez en garde contre les petites dépenses : il ne faut qu'une légère voie d'eau pour submerger un grand navire. La délicatesse du goût conduit à la mendicité. Les fous donnent les festins, et les sages les mangent.

» Vous voilà tous assemblés ici pour une vente de curiosités et de brimborions précieux. Vous appelez cela *des biens*; mais, si vous n'y prenez garde, il en résultera *des maux* pour quelques-uns de vous. Vous comptez que ces objets seront vendus bon marché, et peut-être le seront-ils moins qu'ils n'ont coûté; mais, s'ils ne vous sont pas nécessaires, ils seront toujours trop chers pour vous. Ressouvenez-vous encore de ce que dit le bonhomme Richard : *Si tu achètes ce qui est superflu pour toi, tu ne tarderas pas à vendre ce qui t'est le plus nécessaire. Réfléchis toujours avant de profiter d'un bon marché.* Le bonhomme pense peut-être que souvent un bon marché n'est qu'apparent, et qu'en vous gênant dans vos affaires il vous cause plus de tort qu'il ne vous fait de profit. Car je me souviens qu'il dit ailleurs : *J'ai vu quantité de gens ruinés pour avoir fait des bons marchés. C'est une folie d'employer son argent à acheter un repentir.* C'est cependant une folie que l'on fait tous les jours dans les ventes, faute de songer à l'almanach. *Les sages*, dit-il, *s'instruisent par les malheurs d'autrui ; les fous deviennent rarement plus sages par leur propre malheur* : FELIX QUEM FACIUNT ALIENA PERICULA CAUTUM. Je sais tel qui, pour orner ses épaules, a fait jeûner son ventre, et a presque réduit sa famille à se passer de pain. *Les étoffes de soie, les satins, les écarlates et les velours*, comme dit le bonhomme Richard, *éteignent le feu de la cuisine*. Loin d'être des besoins de la vie, on peut à peine les regarder comme des commodités ; mais, parce qu'ils brillent à la vue, on est tenté de les avoir. C'est ainsi que les besoins artificiels du genre humain sont devenus plus nombreux que les besoins naturels. *Pour une personne réellement pauvre*, dit le bonhomme Richard, *il y a cent indigents*. Par ces extravagances et autres semblables, les gens du bel air sont réduits à la pauvreté, et forcés d'avoir recours à ceux qu'ils méprisaient auparavant, mais qui ont su se maintenir par le travail et l'économie. C'est ce qui prouve *qu'un manant sur ses pieds*, comme dit fort bien le bonhomme Richard, *est plus grand qu'un gentilhomme à genoux*. Peut-être ceux qui se plaignent le plus avaient-ils hérité d'une fortune honnête ; mais, sans connaître les moyens par lesquels elle avait été acquise, ils se sont dit : « Il est jour, et il ne fera jamais nuit. Une si petite dépense sur une fortune comme la mienne, ne mérite pas qu'on y fasse attention ». — *Les enfants et les fous*, comme dit très-bien le bonhomme Richard, *imaginent que vingt francs et vingt ans ne peuvent jamais finir*. Mais à force de toujours prendre à la huche sans y rien mettre, on vient bientôt à trouver le fond ; et alors, comme dit le bonhomme Richard, *quand le puits est sec, on connaît la valeur de l'eau*. Mais c'est ce qu'ils auraient su d'abord s'ils avaient voulu le consulter. Êtes-vous curieux, mes amis, de connaître ce que vaut l'argent? allez et essayez d'en emprunter; *celui qui va faire un emprunt, va chercher une mortification*. Il en arrive autant à ceux qui prêtent à certaines gens, quand ils vont redemander leur dû. Mais ce n'est pas là notre question.

» Le bonhomme Richard, à propos de ce que je disais d'abord, nous prévient prudemment que *l'orgueil de la parure est une vraie malédiction*. Avant de consulter votre fantaisie, consultez votre bourse. *L'orgueil est un mendiant qui crie aussi haut que le besoin, et qui est plus insatiable*. Si vous avez acheté une jolie chose, il vous en faudra dix autres encore, afin que l'assortiment soit complet; mais, comme dit le bonhomme Richard, *il est plus aisé de réprimer la première fantaisie, que de satisfaire toutes celles qui viennent ensuite*. Il est aussi fou au pauvre de singer le riche, qu'il l'était à la grenouille de s'enfler pour égaler le bœuf en grosseur. *Les grands vaisseaux peuvent s'aventurer plus au large; mais les petits bateaux doivent se tenir près du rivage*. Les folies de cette espèce sont bientôt punies, car, comme dit le bonhomme Richard, *l'orgueil qui dîne de vanité, soupe de mépris*. *L'orgueil déjeûne avec l'abondance, dîne avec la pauvreté, et soupe avec la honte*. Que revient-il, après tout, de cette vanité de paraître, pour laquelle on a tant de risques à courir et de peines à endurer? Elle ne peut ni conserver la santé, ni adoucir les maux, ni augmenter le mérite personnel; au contraire, elle fait naître l'envie, précipite la ruine des fortunes. *Qu'est-ce qu'un papillon? ce n'est tout au plus qu'une chenille habillée, et voilà ce qu'est le petit maître*.

» Quelle folie n'est-ce pas que de s'endetter pour de telles superfluités! Dans cette vente-ci, mes amis, on nous offre six mois de crédit, et peut-être est-ce l'avantage de cette condition qui a engagé quelques-uns de nous à s'y trouver, parce que, n'ayant point d'argent comptant à dépenser, nous espérons satisfaire notre fantaisie, sans rien débourser. Mais, hélas! pensez-vous bien à ce que vous faites, lorsque vous vous endettez? vous donnez des droits à un autre sur votre liberté. Si vous ne pouvez pas payer au terme fixé, vous serez honteux de voir votre créancier; vous serez dans l'appréhension en lui parlant; vous vous abaisserez à des excuses pitoyablement motivées; peu à peu vous perdrez votre franchise, et vous en viendrez enfin à vous déshonorer par les menteries les plus évidentes et les plus méprisables; car, comme dit le bonhomme Richard, *le second vice est de mentir*, *le premier est de s'endetter. Le mensonge monte en croupe de la dette.* Un homme né libre ne devrait jamais rougir ni appréhender de parler à quelque homme vivant que ce soit, ni de le regarder en face; mais souvent la pauvreté efface et courage et vertu. *Il est difficile*, dit le bonhomme Richard, *qu'un sac vide se tienne debout.* Que penseriez-vous d'un prince ou d'un gouvernement qui vous défendrait, par un édit, de vous habiller comme les personnes de distinction, sous peine de prison ou de servitude? — Ne diriez-vous pas que vous êtes nés libres, que vous avez le droit de vous habiller comme bon vous semble; qu'un tel édit serait un attentat formel contre vos priviléges, et qu'un tel gouvernement serait tyrannique? — Et cependant vous vous soumettez vous-mêmes à une pareille tyrannie, quand vous vous endettez pour vous vêtir ainsi. Votre créancier a le droit, si bon lui semble, de vous priver de votre liberté, en vous confinant pour toute votre vie dans une prison, ou en vous vendant comme esclave, si vous n'êtes pas en état de le payer. Quand vous avez fait votre marché, peut-être ne songiez-vous guère au paiement; mais *les créanciers*, comme dit le bonhomme Richard, *ont meilleure mémoire que les débiteurs. Les créanciers sont une secte superstitieuse, et grands observateurs de toutes les époques du calendrier.* Le jour de l'échéance arrive avant que vous n'y songiez, et la demande vous est faite sans que vous soyez préparé à y satisfaire; ou, si vous songez à votre dette, le terme, qui semblait d'abord si long, vous paraîtra, en s'approchant, extrêmement court: vous croirez que le temps a mis des ailes aux talons, comme il en a aux épaules. *Le carême est bien court*, comme dit le bonhomme Richard, *pour ceux qui doivent payer à Pâques*. L'emprunteur est esclave du prêteur, et le débiteur du créancier : ayez horreur de cette chaîne: conservez votre liberté, et maintenez votre indépendance; soyez laborieux et libres; soyez économes et libres. Peut-être vous croyez-vous, en ce moment, dans un état prospère qui vous permet de satisfaire impunément quelque fantaisie; mais épargnez pour le temps de la vieillesse et du besoin, pendant que vous le pouvez : *Le soleil du matin ne dure pas tout le jour*. Le gain est incertain et passager, mais la dépense sera toute votre vie continuelle et certaine. *Il est plus aisé de bâtir deux cheminées que d'en tenir une chaude*, comme dit le bonhomme Richard; *ainsi allez plutôt vous coucher sans souper, que de vous lever avec des dettes. Gagnez ce que vous pouvez, et gardez votre gain; voilà le véritable secret de changer votre plomb en or*; et quand vous posséderez cette pierre philosophale, soyez sûr que vous ne vous plaindrez plus de la rigueur des temps ni de la difficulté à payer les impôts.

IV. « Cette doctrine, mes amis, est celle de la raison et de la sagesse. N'allez pas, cependant, vous confier uniquement à votre travail, à votre économie, à votre prudence. Ce sont d'excellentes choses, mais elles vous seront tout-à-fait inutiles, sans les bénédictions du ciel. Demandez donc humblement ces bénédictions; ne soyez point sans charité pour ceux qui paraissent à présent dans le besoin; mais donnez-leur des consolations et des secours. Souvenez-vous que Job fut misérable, et qu'ensuite il redevint heureux.

» Je n'en dirai pas davantage. *L'expérience tient une école où les leçons coûtent cher; mais c'est la seule où les insensés puissent s'instruire*, comme dit le bonhomme Richard; encore n'y apprennent-ils pas grand'chose; car, comme il le dit avec vérité, *on peut donner un bon avis, mais non pas la bonne conduite*. Toutefois, souvenez-vous que *celui qui ne sait pas être conseillé ne peut pas être secouru*; car, comme dit le bonhomme Richard, *si vous ne voulez pas écouter la raison, elle ne manquera pas de vous donner sur les doigts.* »

Le vieil Abraham finit ainsi sa harangue. On écouta son discours, on approuva ses maximes; mais on ne manqua pas de faire sur-le-champ le contraire, précisément ainsi qu'il arrive aux sermons ordinaires; car, la vente ayant commencé, chacun acheta de la manière la plus extravagante, nonobstant toutes les remontrances du sermoneur et les craintes qu'avait l'assemblée de ne pouvoir pas payer les impôts. Je vis que le bonhomme avait soigneusement étudié mes almanachs et mis en ordre tout ce que j'avais dit sur ces matières pendant vingt-cinq ans. Les fréquentes mentions qu'il avait faites de moi auraient été ennuyeuses pour tout autre; mais ma vanité en fut merveilleusement flattée, quoique je susse bien que, de toute la sagesse qu'on m'attribuait, il n'y avait pas la dixième partie qui m'appartînt, et que je n'eusse recueillie, en glanant, d'après le bon sens de tous les siècles et de toutes les nations. Quoi qu'il en soit, je résolus de faire mon profit de cet écho pour me corriger; et, quoique d'abord j'eusse formé la résolution d'acheter de quoi me faire un habit neuf, je me retirai, déterminé à faire durer le vieux. Lecteur, si vous pouvez faire de même, vous y gagnerez autant que moi.

RICHARD SAUNDERS.

II.

L'ART D'AVOIR DES SONGES AGRÉABLES.

Comme une partie de notre vie s'emploie à dormir, et que, pendant ce temps-là, nous avons quelquefois des songes agréables et quelquefois des songes fâcheux, il n'est pas sans importance de se procurer les premiers, et d'écarter les autres; car, réels ou imaginaires, la peine est toujours peine, le plaisir toujours plaisir. Si nous pouvons dormir sans rêver, c'est un bien, puisque les songes fâcheux sont écartés; si, pendant notre sommeil, nous pouvons avoir des songes agréables, c'est comme on le dit en français, *autant de gagné*, c'est autant d'ajouté au plaisir de la vie.

Pour cela, il est nécessaire, en premier lieu, de mettre beaucoup de soin à conserver sa santé par un erxecice convenable et une grande tempérance; car, dans les maladies, l'imagination est troublée, et des idées désagréables, quelquefois même terribles, sont disposées à se présenter. L'exercice doit précéder les repas, et non les suivre immédiatement. Dans le premier cas, il aide la digestion; et, dans le second, il la gêne, à moins qu'il ne soit modéré. Si, après avoir pris de l'exercice, nous mangeons avec ménagement, la digestion est facile et bonne, le corps dispos, l'humeur gaie, et toutes les fonctions animales se font bien. Le sommeil, qui suit, est naturel et tranquille; mais l'indolence, jointe aux excès de la table, occasionne des cauchemars et des terreurs inexprimables ; on croit tomber dans des précipices, être assailli par des bêtes féroces, des assassins, des démons, et l'on éprouve des tourments sous mille formes. Notez, au reste, qu'il doit s'établir une proportion en ce que l'on prend de nourriture et d'exercice. Celui qui se donne beaucoup de mouvement peut, et doit même, manger davantage ; ceux qui se bornent à un faible exercice doivent manger peu. En général, l'espèce humaine, depuis les progrès de la cuisine, mange deux fois plus que la nature ne le demande. Les soupers ne sont pas mauvais, lorsqu'on n'a pas dîné, mais des nuits agitées sont une suite naturelle des soupers joyeux, pris après de copieux dîners. Il est vrai que quelques personnes, grâce à la différence des constitutions, reposent bien après ces repas ; il ne leur en coûte qu'un songe épouvantable et une apoplexie ; après quoi, les voilà endormies jusqu'au jugement dernier. Rien n'est plus ordinaire, dans les journaux, que les exemples de gens qui, après avoir joyeusement soupé, sont trouvés morts le lendemain dans leur lit.

Un autre moyen de se conserver la santé est d'avoir l'attention de renouveler constamment l'air de sa chambre à coucher. C'est une grande erreur que de tenir à ce qu'elle soit très-close, et que de vouloir des lits enveloppés de rideaux. L'air respiré est malsain ; la nature le chasse hors de nous par les pores et les poumons. Dans une chambre exactement fermée à l'air extérieur, c'est l'air déjà respiré qu'il faut plusieurs fois recevoir et respirer encore, quoique à chaque fois il devienne de plus en plus pernicieux. . . . Lorsque l'air est saturé de la matière transpirable qui s'échappe de notre corps, et qui se compose d'une partie de nos aliments, il ne peut plus recevoir aucune quantité nouvelle de cette matière, qui reste alors en nous plus long-temps qu'elle ne devrait, et nous cause des maladies. On est averti de cet état par un malaise d'abord fort léger, par une inquiétude assez difficile à décrire, et dont peu de personnes, tout en l'éprouvant, connaissent la cause. On a peine à se rendormir; on se retourne souvent avant de pouvoir trouver le repos d'aucun côté, etc. . .

C'est là une des grandes et principales causes des songes déplaisants. Quand le corps est mal à l'aise, l'âme en est troublée, et toutes sortes d'idées désagréables en deviennent, dans le sommeil, la conséquence naturelle. Voici par quels remèdes on peut prévenir et guérir cet état;

1°. En mangeant modérément, il se produit, dans un temps donné, une moindre quantité de matière transpirable; les draps du lit peuvent plus long-temps la recevoir sans en être saturés, et nous pouvons alors jouir d'un plus long sommeil avant de nous trouver incommodés par ces miasmes qui surchargent l'air.

2°. On peut faire usage de couvertures de lit plus légères et plus perméables, qui laisseront à la matière transpirable un passage plus facile et nous incommoderont moins, étant susceptibles de la recevoir plus long-temps.

3°. Lorsqu'on est réveillé par cette sorte d'inquiétude, et que l'on ne peut aisément se rendormir, il faut sortir du lit, battre et retourner son oreiller, bien secouer ses draps une vingtaine de fois, puis ouvrir son lit et le laisser rafraîchir, en se promenant dans sa chambre sans s'habiller. Rentré ensuite dans le lit, on s'endormira bientôt d'un sommeil doux et paisible. Tous les tableaux qui se présenteront à l'imagination seront agréables. J'ai souvent de ces songes, qui ne sont pas moins amusants pour moi que les scènes d'un opéra. Si vous êtes trop paresseux à sortir du lit, vous pouvez vous contenter de soulever votre couverture avec le bras ou la jambe, en la laissant ensuite retomber lorsqu'une bonne quantité d'air nouveau s'y sera introduite; manége qu'il faudra répéter une vingtaine de fois. . . Mais cette dernière méthode ne vaut pas la première.....

Un ou deux avis de plus termineront ce morceau. Il faut avoir grand soin, quand on se couche, d'arranger son oreiller conformément à l'habitude qu'on a de poser sa tête ; et en sorte d'être parfaitement à son aise ; puis il faut placer ses membres de manière à ce qu'ils ne se gênent pas les uns les autres. Une mauvaise position, quoiqu'elle soit d'abord peu sensible, et qu'elle se fasse à peine remarquer, devient moins supportable par sa continuité, et l'incommodité peut s'en faire sentir dans le sommeil et troubler l'imagination.

Telles sont les règles de l'art d'avoir des songes agréables. Cependant, malgré l'expérience de leur efficacité, il est un cas où leur observation la plus ponctuelle sera totalement infructueuse. Ce cas est celui où la personne qui veut des songes agréables n'aura pas pris soin d'avoir ce qui est plus nécessaire que toutes choses : UNE BONNE CONSCIENCE.

III.

MOYENS

D'AVOIR TOUJOURS DE L'ARGENT DANS SA POCHE.

Dans ce temps, où l'on se plaint généralement que l'argent est rare, ce sera faire acte de bonté que d'indiquer aux personnes qui sont à court d'argent, le moyen de pouvoir mieux garnir leurs poches. Je veux leur enseigner le véritable secret de gagner de l'argent, la méthode infaillible pour remplir les bourses vides, et la manière de les garder toujours pleines. Deux simples règles bien observées en feront l'affaire.

Voici la première : Que la probité et le travail soient vos compagnons assidus.

Et la seconde : Dépensez un sou de moins que votre bénéfice net.

Par-là, votre poche si plate commencera bientôt à s'enfler, et n'aura plus à crier jamais que son ventre est vide ; vous ne serez pas assailli par des créanciers, pressé par la misère, rongé par la faim, transi par la nudité. Tout l'horizon brillera d'un éclat plus vif, et le plaisir fera battre votre cœur. Hâtez-vous donc d'embrasser ces règles et d'être heureux. Ecartez loin de votre esprit le souffle glacé du chagrin, et vivez indépendant. Alors vous serez un homme, et vous ne cacherez point votre visage à l'approche du riche ; vous n'éprouverez point le déplaisir de vous sentir petit lorsque les fils de la Fortune marcheront à votre droite ; car l'indépendance, avec peu ou beaucoup, est un sort heureux, et vous placera de niveau avec les plus fiers de ceux que décorera la Toison d'or. Ah! soyez donc sage; que le travail marche avec vous dès le matin; qu'il vous accompagne jusqu'au moment où le soir vous amènera l'heure du sommeil. Que la probité soit comme l'âme de votre âme, et n'oubliez jamais de conserver un sou de reste, après toutes vos dépenses comptées et payées; alors vous aurez atteint le comble du bonheur, et l'indépendance sera votre cuirasse et votre bouclier, votre casque et votre couronne; alors vous marcherez tête levée, sans vous courber devant un faquin vêtu de soie, parce qu'il aura des richesses, sans accepter un affront, parce que la main qui vous l'offrira étincellera de diamans.

IV.

DIALOGUE

ENTRE LA GOUTTE ET FRANKLIN (1).

Franklin. Eh! oh! oh! mon Dieu! qu'ai-je fait pour mériter ces souffrances cruelles?

La Goutte. Beaucoup de choses. Vous avez trop mangé, trop bu et trop indulgé vos jambes en leur indolence.

Franklin. Qui est-ce qui me parle?

La Goutte. C'est moi-même, *la Goutte.*

Franklin. Mon ennemie en personne!

La Goutte. Pas votre ennemie.

Franklin. Oui, mon ennemie; car non-seulement vous voulez me tuer le corps par vos tourments, mais vous tâchez de détruire ma bonne réputation. Vous me représentez comme un gourmand et un ivrogne, et tout le monde qui me connaît, sait qu'on ne m'a jamais accusé auparavant d'être un homme qui mangeait trop, ou qui buvait trop.

La Goutte. Le monde peut juger comme il lui plaît; il a toujours beaucoup de complaisance pour lui-même, et quelquefois pour ses amis. Mais je sais bien que ce qui n'est pas trop boire ni trop manger pour un homme qui fait raisonnablement d'exercice, est trop pour un homme qui n'en fait point.

---

(1) A minuit, le 22 octobre 1780. Écrit en français par l'auteur.

Franklin. Je prends, — eh! eh! — autant d'exercice, — eh, — que je puis, madame la Goutte. Vous connaissez mon état sédentaire, et il me semble qu'en conséquence vous pourriez, madame la Goutte, m'épargner un peu, considérant que ce n'est pas tout-à-fait ma faute.

La Goutte. Point du tout. Votre rhétorique et votre politesse sont également perdues, votre excuse ne vaut rien. Si votre état est sédentaire, vos récréations, vos amusemens doivent être actifs : vous devez vous promener à pied ou à cheval ; ou, si le temps vous en empêche, jouer au billard. Mais examinons votre cours de vie. Quand les matinées sont longues et que vous avez assez de temps pour vous promener, qu'est-ce que vous faites? Au lieu de gagner de l'appétit pour votre déjeûner par un exercice salutaire, vous vous amusez à lire des livres, des brochures, ou des gazettes, dont la plupart n'en valent pas la peine. Vous déjeûnez néanmoins largement. Il ne vous faut pas moins de quatre tasses de thé à la crême avec une ou deux tartines de pain ou de beurre, couvertes de tranches de bœuf fumé, qui, je crois, ne sont pas les choses du monde les plus faciles à digérer. Tout de suite vous vous placez à votre bureau ; vous y écrivez, ou vous parlez aux gens qui viennent vous chercher pour affaire. Cela dure jusqu'à une heure après-midi, sans le moindre exercice de corps. Tout cela, je vous le pardonne, parce que cela tient, comme vous dites, à votre état sédentaire. Mais, après dîner, que faites-vous? Au lieu de vous promener dans les beaux jardins de vos amis chez lesquels vous avez dîné, comme font les gens sensés, vous voilà établi à l'échiquier, jouant aux échecs, où on peut vous trouver deux ou trois heures. C'est là votre récréation éternelle : la récréation, qui de toutes est la moins propre à un homme sédentaire ; parce qu'au lieu d'accélérer le mouvement des fluides, ce jeu demande une attention si forte et si fixe, que la circulation est retardée, et les sécrétions internes empêchées. Enveloppé dans les spéculations de ce misérable jeu, vous détruisez votre constitution. Que peut-on attendre d'une telle façon de vivre, sinon un corps plein d'humeurs stagnantes prêtes à se corrompre, un corps prêt à tomber en toutes sortes de maladies dangereuses, si moi, la Goutte, je ne viens pas de temps en temps à votre secours pour agiter ces humeurs et les purifier, ou les dissiper? Si c'était dans quelque petite rue, ou dans quelque coin de Paris, dépourvu de promenades, que vous employassiez quelque temps aux échecs après votre dîner, vous pourriez dire cela pour excuse; mais c'est la même chose à Passy, à Auteuil, à Montmartre, à Epinay, à Sanoy, où il y a les plus beaux jardins et promenades, l'air le plus pur, les conversations les plus agréables, les plus instructives, que vous pouvez avoir tout en vous promenant; mais tout cela est négligé pour cet abominable jeu d'échecs. Fi donc, monsieur Franklin! Mais, en continuant mes instructions, j'oubliais de vous donner vos corrections. Tenez, cet élancement, et celui-ci.

Franklin. Oh! eh! oh! ohh! — Autant que vous voudrez de vos instructions, madame la Goutte, même de vos reproches; mais, de grâce, plus de vos corrections.

La Goutte Tout au contraire; je ne vous rabattrai pas le quart d'une. Elles sont pour votre bien. Tenez.

Franklin. Oh! ehhh! — Ce n'est pas juste de dire que je ne prends aucun exercice. J'en fais souvent dans ma voiture, en sortant pour aller dîner, et en revenant.

La Goutte. C'est, de tous les exercices imaginables, le plus léger et le plus insignifiant, que celui qui est donné par le mouvement d'une voiture suspendue sur des ressorts. En observant la quantité de chaleur obtenue de différentes espèces de mouvement, on peut former quelque jugement de la quantité d'exercice qui est donné par chacun. Si, par exemple, vous sortez à pied, en hiver, avec les pieds froids, en marchant une heure vous aurez les pieds et tout le corps bien échauffés. Si vous montez à cheval, il faut trotter quatre heures avant de trouver le même effet. Mais, si vous vous placez dans une voiture bien suspendue, vous pouvez voyager toute une journée, et arriver à votre dernière auberge avec vos pieds encore froids. Ne vous flattèe donc pas, qu'en passant une demi-heure dans votre voiture, vous preniez de l'exercice. Dieu n'a pas donné des voitures à roues à tout le monde ; mais il a donné à chacun deux jambes, qui sont des machines infiniment plus commodes et plus serviables ; soyez-en reconnaissant et faites usage des vôtres. Voulez-vous savoir comment elles font circuler vos fluides, en même temps qu'elles vous transportent d'un lieu à un autre; pensez que, quand vous marchez, tout le poids de votre corps est jeté alternativement sur l'une et l'autre jambe; cela presse avec grande force les vaisseaux du pied et refoulent ce qu'ils contiennent. Pendant que le poids est ôté de ce pied et jeté sur l'autre, les vaisseaux ont le temps de se remplir; et, par le retour du poids, ce refoulement est répété; ainsi la circulation du sang est accélérée en marchant. La chaleur, produite en un certain espace de temps, est en raison de l'accélération ; les fluides sont battus, les humeurs atténuées, les sécrétions facilitées, et tout va bien. Les joues prennent du vermeil, et la santé est établie. Regardez votre amie d'Auteuil (1), une femme qui a reçu de la nature plus de science vraiment utile, qu'une demi-douzaine ensemble de vous, philosophes prétendus, n'en avez tiré de tous vos livres. Quand elle voulut vous faire l'honneur de sa visite, elle vint à pied. Elle se promène du matin jusqu'au soir, et laisse toutes les maladies d'indolence en partage à ses chevaux. Voilà comme elle conserve

(1) Madame Helvétius.

sa santé, même sa beauté; mais vous, quand vous allez à Auteuil, c'est dans la voiture. Il n'y a cependant pas plus loin de Passy à Auteuil que d'Auteuil à Passy.

Franklin. Vous m'ennuyez avec tant de raisonnements.

La Goutte. Je le crois bien. Je me tais et je continue mon office. Tenez, cet élancement, et celui-ci.

Franklin. Oh! oh! continuez de parler, je vous prie.

La Goutte. Non. J'ai un nombre d'élancements à vous donner cette nuit, et vous aurez le reste demain.

Franklin. Mon Dieu! la fièvre! je me perds! Eh! eh! n'y a-t-il personne qui puisse prendre cette peine pour moi?

La Goutte. Demandez cela à vos chevaux; ils ont pris la peine de marcher pour vous.

Franklin. Comment pouvez-vous être si cruelle, de me tourmenter tant pour rien?

La Goutte. Pas pour rien. J'ai ici une liste de tous vos péchés contre votre santé, distinctement écrite, et je ne peux vous rendre raison de tous les coups que je vous donne.

Franklin. Lisez-la donc.

La Goutte. C'est trop long à lire, je vous en donnerai le montant.

Francklin. Faites-le. Je suis toute attention.

La Goutte. Souvenez-vous combien de fois vous vous êtes proposé de vous promener le matin suivant, dans le bois de Boulogne, dans le jardin de la Muette ou dans le vôtre, et que vous avez manqué de parole, alléguant quelquefois que le temps était trop froid, d'autres fois qu'il était trop chaud, trop venteux, trop humide, ou trop quelque autre chose; quand, en vérité, il n'y avait rien de trop qui empêchât, excepté votre trop de paresse.

Franklin. Je confesse que cela peut arriver quelquefois, peut-être pendant un an dix fois.

La Goutte. Votre confession est bien imparfaite; le vrai montant est cent quatre-vingt-dix-neuf.

Franklin. Est-il possible !

La Goutte. Oui, c'est possible, parce que c'est un fait. Vous pouvez rester assuré de la justesse de mon compte. Vous connaissez les jardins de madame Brillon, comme ils sont bons à promener ? Vous connaissez le bel escalier de cent cinquante degrés, qui mène de la terrasse en haut, jusqu'à la plaine en bas ? Vous avez visité deux fois par semaine, dans les après-midi, cette aimable famille ; c'est une maxime de votre invention, qu'on peut avoir autant d'exercice en montant et en descendant un mille en escalier, qu'en marchant dix sur une plaine. Quelle belle occasion vous avez eue de prendre tous les deux exercices ensemble ! En avez-vous profité ? et combien de fois ?

Franklin. Je ne peux pas bien répondre à cette question.

La Goutte. Je répondrai donc pour vous. Pas une fois !

Franklin. Pas une fois !

La Goutte. Pas une fois. Pendant tout le bel été passé, vous y êtes arrivé à six heures. Vous y avez trouvé cette charmante femme et ses beaux enfants, et ses amis, prêts à vous accompagner dans ces promenades, et à vous amuser avec leurs agréables conversations. Et qu'avez-vous fait ? Vous vous êtes assis sur la terrasse, vous avez loué la belle vue, regardé la beauté des jardins en bas ; mais vous n'avez pas bougé un pas pour descendre vous y promener. Au contraire, vous avez demandé du thé et l'échiquier. Et vous voilà collé à votre siége jusqu'à neuf heures, et cela après avoir joué peut-être deux heures où vous avez dîné. Alors, au lieu de remuer un peu, vous prenez votre voiture. Quelle sottise de croire qu'avec tout ce déréglement, on peut se conserver en santé sans moi !

Franklin. A cette heure je suis convaincu de la justesse de cette remarque du bonhomme Richard, que *nos dettes et nos péchés sont toujours plus qu'on ne pense*.

La Goutte. C'est comme cela que vous autres philosophes avez toujours les maximes des sages dans votre bouche, pendant que votre conduite est comme celle des ignorans.

Franklin. Mais faites-vous un de mes crimes, de ce que je retourne en voiture de chez madame Brillon ?

La Goutte. Oui, assurément ; car, vous qui avez été assis toute la journée, vous ne pouvez pas dire que vous êtes fatigué du travail du jour. Vous n'avez donc pas besoin d'être soulagé par une voiture.

Franklin. Que voulez-vous donc que je fasse de ma voiture ?

La Goutte. Brûlez-la, si vous voulez. Alors vous en tirerez au moins pour une fois de la chaleur. Ou, si cette proposition ne vous plait pas, je vous en donnerai une autre. Regardez les pauvres paysans qui travaillent la terre dans les vignes et les champs, autour des villages de Passy, Auteuil, Chaillot, etc. Vous pouvez tous les jours, parmi ces bonnes créatures, trouver quatre ou cinq vieilles femmes et vieux hommes, courbés et peut-être estropiés sous le poids des années et par un travail trop fort et continuel, qui, après une longue journée de fatigue, ont à marcher peut-être un ou deux milles pour trouver leurs chaumières. Ordonnez à votre cocher de les prendre et de les mener chez eux. Voilà une bonne œuvre qui fera du bien à votre âme ! Et si en même temps vous retournez de votre visite chez les Brillon à pied, cela sera bon pour votre corps.

Franklin. Ah ! comme vous êtes ennuyeuse !

La Goutte. Allons donc à notre métier ; il faut vous souvenir que je suis votre médecin, Tenez.

Franklin. Ohhh ! quel diable de médecin!

La Goutte. Vous êtes un ingrat de me dire cela. N'est-ce pas moi qui, en qualité de votre médecin, vous ai sauvé de la paralysie, de l'hydropisie et de l'apoplexie, dont l'une ou l'autre vous aurait tué il y a long-temps, si je ne les en avais empêchées?

Franklin. Je le confesse, et je vous remercie pour

ce qui est passé. Mais, de grâce! quittez-moi pour jamais; car il me semble qu'on aimerait mieux mourir que d'être guéri si douloureusement. Souvenez-vous que j'ai été aussi votre ami. Je n'ai jamais loué de combattre contre vous, ni les médecins, ni les charlatans d'aucune espèce; si donc vous ne me quittez pas, vous serez aussi accusable d'ingratitude.

La Goutte. Je ne pense pas que je vous doive grande obligation de cela. Je me moque des charlatans; ils peuvent vous tuer, mais ils ne peuvent pas me nuire: et quant aux vrais médecins, ils sont enfin convaincus de cette vérité, que la goutte n'est pas une maladie, mais un véritable remède, et qu'il ne faut pas guérir un remède. Revenons à notre affaire. Tenez.

Franklin. Oh! de grâce, quittez-moi; et je vous promets fidèlement que désormais je ne jouerai plus aux échecs, que je ferai de l'exercice journellement, et que je vivrai sobrement.

La Goutte. Je vous connais bien: vous êtes un beau prometteur; mais, après quelques mois de bonne santé, vous recommencerez à aller votre ancien train. Vos belles promesses seront oubliées comme on oublie les formes des nuages de la dernière année. Allons donc, finissons notre compte; après cela, je vous quitterai. Mais soyez assuré que je vous revisiterai en temps et lieu; car c'est pour votre bien; et je suis, vous le savez, votre *bonne amie.*

V.

LA BELLE JAMBE ET LA JAMBE TORSE.

Il y a, dans le monde, deux sortes de gens qui, à égal degré de santé, de richesse, et des autres agréments de la vie, se rendent les uns heureux, les autres misérables. Cela provient, en grande partie, de la différente manière de considérer les choses, les personnes et les événements; et des effets que cette différence de vues produit sur l'esprit.

Dans toutes les situations de la vie, on peut trouver des avantages et des inconvénients : dans toute société, on peut rencontrer des personnes et des conversations plus et moins amusantes ; à toutes les tables des mets et des boissons de goût plus et moins délicat, des plats mieux et plus mal servis ; en tout climat, du beau et du vilain temps ; sous tous gouvernements, de bonnes et de mauvaises lois, et dans l'exécution de ces lois, du bien et du mal ; dans tout poëme ou tout ouvrage d'esprit, des fautes et des beautés; dans presque tous les visages et toutes les personnes, des traits agréables et des défauts, des vertus et des vices.

Dans tous ces cas, les deux espèces de gens dont nous avons parlé fixent diversement leur attention. L'optimiste envisage le bon côté des choses, la partie amusante de la conversation, les plats bien parés, les vins délicats, le beau ciel, etc., et il jouit du tout avec gaîté. Le pessimiste ne voit rien que sous le mauvais côté, ne parle de rien que du mal; aussi est-il continuellement mécontent de lui-même; ses remarques troublent les plaisirs des sociétés, il offense mille gens, et se rend un objet de déplaisance. Si ce tour d'esprit lui a été donné par la nature, il n'existe pas de misère qui mérite, plus que la sienne, d'exciter la compassion. Mais il peut se faire que cette disposition à la critique et à être mécontent de tout, n'ait été dans l'origine qu'un fruit de l'imitation, et se soit par mégarde tournée en une habitude qui, bien qu'ayant pris de fortes racines, peut néanmoins être arrachée, si l'on sait vivement sentir combien elle nuit au bonheur. J'espère que ce petit avertissement pourra rendre service à ceux qui se trouvent dans ce cas, et les déterminer à corriger une habitude qui, tout en étant principalement l'œuvre de l'imagination, exerce cependant sur la vie une influence sérieuse, et cause des chagrins et des malheurs réels. En effet, les pessimistes offensent beaucoup de gens, et n'étant aimés de personne, on ne leur témoigne de civilités et d'égards qu'en s'arrêtant, au juste, à ce qui est prescrit par l'usage; et encore va-t-on à peine jusque-là; ce qui, souvent, les met de mauvaise humeur et les jette dans des disputes et des querelles. Visent-ils à obtenir une élévation de rang ou de fortune, personne ne fait des vœux pour leur succès, ne se remue d'un pas, ou ne profère une parole pour appuyer leurs prétentions. Encourent-ils une censure publique ou une disgrâce, personne ne les défend ni ne les excuse; quelques-uns font plus, exagèrent leurs torts, et les rendent complétement odieux. Si ces gens ne veulent pas changer leurs habitudes et consentir à prendre plaisir dans ce qui est fait pour plaire, sans froisser eux et les autres par leurs contrariétés, il est bon d'éviter leur commerce, qui est toujours désagréable, et quelquefois très-dangereux, notamment lorsqu'on se trouve mêlé soi-même dans leurs querelles.

Un vieux philosophe de mes amis était devenu,

par expérience, très-circonspect sur ce chapitre, et évitait, avec le plus grand soin, toute intimité avec les gens de cette sorte. Il avait, comme d'autres philosophes, un thermomètre pour indiquer l'état de la température, et un baromètre pour marquer si le temps tournait au beau, ou menaçait d'être mauvais; mais n'y ayant pas d'instrument inventé pour découvrir, à la première vue, cette disposition au pessimisme, il fit usage, à cet effet, de ses jambes, dont l'une était d'une beauté remarquable, et dont l'autre était devenue, par un accident, tortue et difforme. Si un étranger, à la première entrevue, regardait la méchante jambe plus que la bonne, il se méfiait de lui; si l'étranger parlait de cette mauvaise jambe, sans prendre du tout garde à la bonne, l'épreuve suffisait à mon philosophe pour le déterminer à ne pas cultiver davantage la connaissance. Tout le monde ne possède pas un pareil instrument à deux jambes; mais chacun, avec un peu d'attention, peut observer des signes de cette manie de critiquer et de voir en mal, et prendre la même résolution d'éviter le commerce des malheureux qui en sont attaqués. Je donne donc avis à ces pessimistes, à ces censeurs moroses, toujours mécontents, toujours misérables, que, s'ils veulent être aimés et respectés des autres, et trouver le bonheur en eux-mêmes, ils doivent *cesser de regarder la jambe torse.*

VI.

DES CHANGEMENTS DE POSITIONS (1).

Toutes les positions de la vie ont leurs inconvénients; nous *sentons* ceux qui sont attachés à la nôtre; mais nous ne *sentons*, ni ne *voyons* ceux d'une situation différente. Qu'en résulte-t-il? que nous nous tourmentons par des changements continuels, sans y gagner, et souvent pour nous trouver pis.

J'étais, un jour, dans ma jeunesse, passager à bord d'un petit sloop qui descendait la Delaware. Comme il n'y avait pas de vent, nous fûmes obligés, après la marée, de jeter l'ancre, et d'attendre la marée suivante. La chaleur du soleil était excessive sur le bâtiment; les passagers m'étaient étrangers, et leur société ne me plaisait pas. Je crus voir, près du rivage, une belle prairie verte, au milieu de laquelle s'élevait un grand arbre donnant beaucoup d'ombrage. Je m'imaginai que je pourrais aller m'asseoir sous son abri, et y passer, à lire, quelques moments agréables jusqu'au retour de la marée. J'obtins donc du capitaine qu'il me fît conduire à terre. Une fois débarqué, je reconnus que la plus grande partie de ma prairie n'était réellement qu'un marais; en le traversant, pour arriver à mon arbre, j'enfonçai dans la boue jusqu'aux genoux; et je n'étais pas établi depuis cinq minutes sous son ombrage, que mille insectes fâcheux, ve-

(1) Extrait d'une lettre écrite de Passy au docteur Priestley.

nant fondre sur moi, attaquèrent mes jambes, mes mains, ma figure, au point qu'il me fut impossible de lire et de tenir en place. Je regagnai donc le rivage, et j'appelai pour que la chaloupe me ramenât à bord du sloop, où j'eus à endurer cette chaleur que j'avais voulu éviter, et de plus les ris moqueurs de la société. Depuis, j'ai pu souvent observer des cas semblables dans les affaires de la vie.

VII.

AVIS

NÉCESSAIRE A CEUX QUI VEULENT ÊTRE RICHES.

La possession de l'argent n'est avantageuse que par l'usage qu'on en fait.

Avec six louis par an, vous pouvez avoir l'usage d'un capital de cent louis, pourvu que vous soyez d'une prudence et d'une honnêteté reconnues.

Celui qui fait par jour une dépense inutile de huit sols, dépense inutilement plus de six louis par an, ce qui est le prix que coûte l'usage d'un capital de cent louis.

Celui qui perd, chaque jour, dans l'oisiveté, huit sols de son temps, perd l'avantage de se servir d'une somme de cent louis tous les jours de l'année.

Celui qui prodigue, sans fruit, pour cinq francs de son temps, perd cinq francs tout aussi sagement que s'il les jetait à la mer.

Celui qui perd cinq francs perd non seulement ces cinq francs, mais encore tous les profits qu'il en aurait pu retirer en les faisant travailler; ce qui, dans l'espace de temps qui s'écoule entre la jeunesse et l'âge avancé, peut monter à une somme considérable.

Autre avis : celui qui vend à crédit demande, de l'objet qu'il vend, un prix équivalent au principal et à l'intérêt de son argent, pour le temps pendant lequel il doit en rester privé; celui qui achète à crédit paie donc un intérêt pour ce qu'il achète; et celui qui paie en argent comptant pourrait placer cet argent à intérêt; ainsi, celui qui possède une chose qu'il a achetée paie un intérêt pour l'usage qu'il en fait.

Toutefois, dans ses achats, il est mieux de payer comptant, parce que celui qui vend à crédit, s'attendant à perdre cinq pour cent en mauvaises créances, augmente d'autant le prix de ce qu'il vend à crédit pour se couvrir de cette différence.

Celui qui achète à crédit paie sa part de cette augmentation; celui qui paie argent comptant y échappe, ou peut y échapper.

VIII.

AVIS

A UN JEUNE OUVRIER.

Ainsi que vous l'avez désiré de moi, j'ai mis par écrit les pensées suivantes qui m'ont été utiles, et qui peuvent aussi l'être pour vous, si vous les suivez :

Souvenez-vous que le *temps* est de l'argent. Celui qui, par son travail, peut gagner dix francs dans un jour, et qui se promène, ou reste oisif, une moitié de la journée, quoiqu'il ne débourse que quinze sous pendant ce temps de promenade ou de repos, ne doit pas faire compte de ce déboursé seulement. Il a réellement dépensé, disons mieux, il a jeté cinq francs de plus.

Souvenez-vous que le *crédit* est de l'argent. Si un homme me laisse son argent dans les mains après l'échéance de ma dette, il m'en donne l'intérêt, ou tout le produit que je puis en tirer, pendant le temps qu'il me le laisse. Le bénéfice monte à une somme considérable pour un homme qui a un crédit étendu et solide, et qui en fait un bon usage.

Souvenez-vous que l'argent est d'une nature prolifique. L'argent peut engendrer l'argent; les petits qu'il a faits en font d'autres plus facilement encore, et ainsi de suite. Cinq francs employés en valent six; employés encore, ils en valent sept et vingt centimes, et proportionnellement ainsi jusqu'à cent louis. Plus les placements se multiplient, plus ils se grossissent, et c'est de plus en plus vite que naissent les profits. Celui qui tue une truie pleine en anéantit toute la descendance jusqu'à la millième génération. Celui qui engloutit un écu détruit tout ce que cet écu pouvait produire, et jusqu'à des centaines de francs.

Souvenez-vous qu'une somme de cinquante écus par an peut s'amasser en n'épargnant guère plus de huit sous par jour. Moyennant cette faible somme, que l'on prodigue journellement sur son temps ou sur sa dépense sans s'en apercevoir, un homme, avec du crédit, a, sur sa seule garantie, la possession constante et la jouissance de mille écus à cinq pour cent. Ce capital, mis activement en œuvre par un homme industrieux, produit un grand avantage.

Souvenez-vous du proverbe : *Le bon payeur est le maître de la bourse des autres*. Celui qui est connu pour payer avec ponctualité et exactitude à l'échéance promise peut, en tout temps, en toute occasion, jouir de tout l'argent dont ses amis peuvent disposer, ressource parfois très-utile. Après le travail et l'économie, rien ne contribue plus au succès d'un jeune homme dans le monde, que la ponctualité et la justice dans toute affaire. C'est pourquoi ne gardez jamais l'argent que vous avez emprunté, une heure au delà du moment où vous avez promis de le rendre, de peur qu'une inexactitude ne vous ferme pour toujours la bourse de votre ami.

Les moindres actions sont à observer en fait de crédit. Le bruit de votre marteau, qui, à cinq heures du matin, ou à neuf heures du soir, frappe l'oreille de votre créancier, le rend facile pour six mois de plus ; mais s'il vous voit à un billard, s'il entend votre voix à la taverne, lorsque vous devez être à l'ouvrage, il envoie pour son argent dès le lendemain, et le demande avant de le pouvoir toucher tout à la fois. C'est par ces détails que vous montrez si vos obligations sont présentes à votre pensée ; c'est par-là que vous acquérez la réputation d'un homme d'ordre aussi bien que d'un honnête homme, et que vous augmentez encore votre crédit.

Gardez-vous de tomber dans l'erreur de plusieurs de ceux qui ont du crédit, c'est-à-dire de regarder comme à vous tout ce que vous possédez, et de vivre en conséquence. Pour prévenir ce faux calcul, tenez, à mesure, un compte exact tant de votre dépense que de votre recette. Si vous prenez d'abord la peine de mentionner jusqu'aux moindres détails, vous en éprouverez de bons effets, vous découvrirez avec quelle étonnante rapidité une addition de menues dépenses monte à une somme considérable, et vous reconnaîtrez combien vous auriez pu économiser par le passé, combien vous pouvez économiser pour l'avenir, sans vous occasioner une grande gêne.

Enfin, le chemin de la fortune sera, si vous le voulez, aussi uni que celui du marché. Tout dépend surtout de deux mots : *Travail* et *économie*, c'est-à-dire de ne dissiper ni le *temps* ni *l'argent*, mais de faire de tous deux le meilleur usage qu'il est possible. Sans travail et économie, vous ne ferez rien; avec eux, vous ferez tout. Celui qui gagne tout ce qu'il peut gagner honnêtement, et qui épargne tout ce qu'il gagne, sauf les dépenses nécessaires, ne peut manquer de devenir *riche*, si toutefois cet Être qui gouverne le monde, et vers lequel tous doivent lever les yeux pour obtenir la bénédiction de leurs honnêtes efforts, n'en a pas, dans la sagesse de sa providence, décidé autrement.

Un vieux Ouvrier.

IX.

PARABOLE

SUR L'AMOUR FRATERNEL.

En ce temps-là, il n'y avait pas de forgeron par toute la terre. Et les marchands de Madian passaient avec leurs chameaux, portant des épices, de la myrrhe, du baume, et des outils de fer.

Et Ruben acheta une hache aux marchands ismaélites; il la paya cher, car il n'y en avait pas une seule dans la maison de son père.

Et Siméon dit à Ruben, son frère : Prête-moi, je te prie, ta hache. Mais Ruben le refusa, et ne voulut pas.

Et Lévi lui dit aussi : Mon frère, prête-moi ta hache, je te prie, et Ruben le refusa de même.

Alors Juda vint trouver Ruben, et le supplia en disant : Voyons! tu m'aimes, et je t'ai toujours aimé, ne me refuse pas de me servir de ta hache.

Mais Ruben se détourna de lui, et le refusa comme les autres.

Or, il arriva que Ruben tailla du bois sur le bord de la rivière, et que sa hache tomba dans l'eau, et qu'il ne put venir à bout de la retrouver.

Mais Siméon, Lévi et Juda envoyèrent un messager avec de l'argent chez les Ismaélites, et achetèrent chacun une hache.

Alors Ruben vint à Siméon, et lui dit : Voyons! j'ai perdu ma hache, et mon ouvrage reste à moitié fait : prête-moi la tienne, je te prie.

Et Siméon lui répondit : Tu n'as pas voulu me prêter ta hache, ainsi je ne te prêterai pas la mienne.

Alors Ruben vint trouver Lévi, et lui dit : Mon frère, tu connais la perte que j'ai faite, et mon embarras ; prête-moi ta hache, je te prie.

Et Lévi lui fit des reproches en disant : Tu n'as pas voulu me prêter ta hache lorsque j'en ai eu envie ; mais je veux être meilleur que toi, et je te prêterai la mienne.

Et Ruben fut blessé de la réprimande de Lévi, et, tout confus, il le quitta, et ne prit pas sa hache ; mais il chercha son frère Juda.

Et lorsqu'il fut venu auprès de Juda, celui-ci vit à son air qu'il était plein de mécontentement et de honte, et le prévint en lui disant : Mon frère, je sais ce que tu as perdu ; mais pourquoi te troubler ? Voyons ! N'ai-je pas une hache qui peut nous servir à tous les deux ? Prends-le, je te prie, et uses-en comme de la tienne.

Et Ruben se jeta à son cou, et l'embrassa en pleurant, et lui dit : Ta complaisance est grande ; ta bonté à oublier mes torts est encore plus grande ; tu es vraiment mon frère, et tu peux compter que je t'aimerai tant que je vivrai.

Et Juda lui dit : Aimons aussi nos autres frères ; ne sommes-nous donc pas tous du même sang !

Et Joseph vit ces choses, et les rapporta à son père Jacob.

Et Jacob dit : Ruben a mal fait ; mais il s'est repenti. Siméon aussi a mal fait ; Lévi n'a pas été tout-à-fait exempt de reproches.

Mais le cœur de Juda est celui d'un prince. Juda a l'âme d'un roi. Ses enfants se prosterneront devant lui ; et il régnera sur ses frères.

X.

LE SIFFLET (1).

Je suis charmé de votre description du paradis, et de vos plans pour y vivre. J'approuve aussi très-fortement la conclusion que vous faites, qu'en attendant il faut tirer de ce bas monde tout le bien qu'on en peut tirer. A mon avis, il serait très-possible pour nous d'en tirer beaucoup plus de bien, et d'en souffrir moins de mal, si nous voulions seulement prendre garde *de ne donner pas trop pour nos sifflets*. Car il me semble que la plupart des malheureux qu'on trouve dans le monde, sont devenus tels par leur négligence de cette précaution.

Vous demandez ce que je veux dire? Vous aimez les histoires, et vous m'excuserez si je vous en donne une qui me regarde moi-même. Quand j'étais un enfant de cinq ou six ans, mes amis, un jour de fête, remplirent ma petite poche de sous. J'allai tout de suite à une boutique où on vendait des babioles; mais, étant charmé du son d'un sifflet que je rencontrai en chemin, dans les mains d'un autre petit garçon, je lui offris et donnai volontiers pour cela tout mon argent. Revenu chez moi, sifflant par toute la maison, fort content de mon achat, mais fatiguant les oreilles de toute la famille, mes frères, mes sœurs,

(1) Extrait d'une lettre écrite de Passy, le 10 novembre 1779, à madame Brillon, et traduite en français par Franklin.

mes cousines, apprenant que j'avais tant donné pour ce mauvais bruit, me dirent que c'était dix fois plus que la valeur : alors ils me firent penser au nombre de bonnes choses que j'aurais pu acheter avec le reste de ma monnaie, si j'avais été plus prudent; ils me ridiculisèrent tant de ma folie, que j'en pleurai de dépit; et la réflexion me donna plus de chagrin, que le sifflet de plaisir.

Cet accident fut cependant dans la suite de quelque utilité pour moi, l'impression restant sur mon âme; de sorte que, lorsque j'étais tenté d'acheter quelque chose qui ne m'était pas nécessaire, je disais en moi-même, *ne donnons pas trop pour le sifflet*, et j'épargnais mon argent.

Devenant grand garçon, entrant dans le monde et observant les actions des hommes, je vis que je rencontrais nombre de gens *qui donnaient trop pour le sifflet*.

Quand j'ai vu quelqu'un qui, ambitieux de la faveur de la cour, consumait son temps en assiduités aux levers, son repos, sa liberté, sa vertu, et peut-être mêmeses vrais amis, pour obtenir quelque petite distinction, j'ai dit en moi-même : Cet homme *donne trop pour son sifflet*.

Quand j'en ai vu un autre, avide de se rendre populaire, et pour cela s'occupant toujours de contestations publiques, négligeant ses affaires particulières, et les ruinant par cette négligence; *il paie trop*, ai-je dit, *pour son sifflet*.

Si j'ai connu un avare qui renonçait à toute manière de vivre commodément, à tout le plaisir de faire du bien aux autres, à toute l'estime de ses compatriotes, et à tous les charmes de l'amitié, pour avoir un morceau de métal jaune : Pauvre homme! disais-je, *vous donnez trop pour votre sifflet*.

Quand j'ai rencontré un homme de plaisir, sacrifiant tout louable perfectionnement de son âme, et toute amélioration de son état, aux voluptés du sens purement corporel, et détruisant sa santé dans leur poursuite : Homme trompé, ai-je dit, vous vous procurez des peines au lieu des plaisirs; *vous payez trop pour votre sifflet.*

Si j'en ai vu un autre, entêté de beaux habillements, belles maisons, beaux meubles, beaux équipages, tout au-dessus de sa fortune, qu'il ne se procurait qu'en faisant des dettes, et en allant finir sa carrière dans une prison : Hélas! ai-je dit, *il a payé trop pour son sifflet.*

Quand j'ai vu une très-belle fille, d'un naturel bon et doux, mariée à un homme féroce et brutal, qui la maltraite continuellement : C'est grand' pitié ai-je dit, qu'elle ait *tant payé pour un sifflet!*

Enfin, j'ai conçu que la plus grande partie des malheurs de l'espèce humaine viennent des estimations fausses qu'on fait de la valeur des choses, et de ce *qu'on donne trop pour les sifflets.*

Néanmoins, je sens que je dois avoir de la charité pour ces gens malheureux, quand je considère qu'avec toute la sagesse dont je me vante, il y a certaines choses dans ce bas monde si tentantes (par exemple, les pommes du roi Jean, lesquelles heureusement ne sont pas à acheter), que si elles étaient mises à l'enchère, je pourrais être très-facilement porté à me ruiner par leur achat, et trouver que j'aurais encore une fois *donné trop pour le sifflet.*

XI.

PÉTITION
DE LA MAIN GAUCHE (1).

Je m'adresse à tous les amis de la jeunesse, et je les conjure de laisser tomber un regard de compassion sur mon malheureux sort, afin qu'ils écartent les préjugés dont je suis la victime. Nous sommes deux sœurs ; les deux yeux d'un homme ne se ressemblent pas davantage, et ils ne sauraient vivre ensemble en meilleurs termes que nous ne le ferions ma sœur et moi, sans la partialité de nos parens, qui mettent entre nous les plus injurieuses distinctions. Depuis mon enfance, j'ai été élevée à considérer ma sœur comme étant d'un rang supérieur au mien. On m'a laissée grandir sans la moindre instruction, tandis que, pour son éducation, rien n'a été épargné. Elle a eu des maîtres d'écriture, de dessin, de musique et d'autres encore; mais moi, si par hasard je touchais un crayon, une plume, une aiguille, j'étais sévèrement grondée ; et, plus d'une fois, j'ai été battue pour maladresse et pour défaut de bonnes manières. Il est vrai que ma sœur m'a associée à elle en quelques

(1) Ce morceau est une critique fort ingénieuse des mauvaises habitudes qu'on nous laisse prendre dans notre enfance. Les deux mains étant faites par la nature pour les mêmes usages, il est étrange qu'on accorde une préférence plutôt à l'une qu'à l'autre ; aussi la pétition de la main gauche nous paraît elle très-fondée.

occasions; mais elle se faisait toujours un point d'honneur de prendre la suprême direction, ne m'appelant que par nécessité, ou pour me faire figurer à son avantage.

N'allez pas croire, Messieurs, que mes plaintes soient dictées par un pur sentiment de vanité; non, mes peines ont une cause beaucoup plus sérieuse. Dans la famille à laquelle nous appartenons, l'habitude est que tous les soins nécessaires à la subsistance tombent sur ma sœur et sur moi. Si quelque indisposition vient attaquer ma sœur, et, je le dis ici en confidence, elle est sujette à la goutte, au rhumatisme, aux crampes, sans parler des autres accidents, quel sera le sort de notre pauvre famille? Ne sera-ce pas un sujet de regrets amers pour nos parents que d'avoir mis une si grande différence entre deux sœurs d'une égalité si parfaite?

Hélas! il nous faudra périr de détresse, et il ne sera pas en mon pouvoir de parvenir même à griffonner une humble supplique pour implorer des secours; car j'ai été obligée d'employer une main étrangère pour transcrire la requête que j'ai présentement l'honneur de vous adresser.

Daignez, Messieurs, faire sentir à mes parents l'injustice d'une tendresse exclusive, et la nécessité de distribuer avec égalité leurs soins et leur affection entre tous leurs enfants.

Je suis, avec un profond respect, Messieurs,

Votre très-humble servante,

LA MAIN GAUCHE.

XII.

SUR LA RECONNAISSANCE.

Les hommes n'ont que des idées imparfaites de leurs devoirs sur les bienfaits, les obligations et la reconnaissance. Il est si pénible, pour la plupart d'entre eux, de se sentir obligés, qu'ils ne cessent de chercher des raisons et des arguments pour prouver qu'ils n'ont pas été débiteurs, ou qu'ils ont amplement satisfait à ce qu'ils devaient; arguments par lesquels ils ne manquent pas de se laisser facilement persuader eux-mêmes. A et B sont étrangers l'un à l'autre; celui-ci est à la veille de se voir arrêté pour dettes; A lui prête l'argent nécessaire pour assurer sa liberté. B, devenu débiteur de A, s'acquitte au bout de quelque temps. Ne doit-il rien de plus? Il a sans doute acquitté la dette pécuniaire; mais la dette de reconnaissance lui reste, et le laisse encore débiteur envers A, dont la commisération l'a secouru dans un si grand besoin. Si, par la suite, B trouve à son tour A dans la situation où il était lui-même quand celui-ci lui prêta son argent, il peut alors s'acquitter, *en partie*, de la dette de reconnaissance, en lui prêtant pareille somme. Je dis *en partie*, et non *entièrement*; car, lorsque A prêtait à B de l'argent, il n'avait existé aucun bienfait antérieur qui l'y engageât. C'est pourquoi je pense que si A se retrouve une seconde fois dans le même besoin, B est tenu, s'il le peut, de lui rendre encore le même service.

XIII.

DÉCOUVERTE ÉCONOMIQUE.

Je passai, il y a quelques jours, la soirée en grande compagnie, dans une maison où l'on essayait les nouvelles lampes de MM. Quinquet (1) et Lange; on y admirait la vivacité de la lumière qu'elles répandent; mais on s'occupait beaucoup de savoir si elles ne consumaient pas plus d'huile que les lampes communes, en proportion de l'éclat de leur lumière, auquel cas on craignit qu'il n'y eût aucune *épargne* à s'en servir. Personne de la compagnie ne fut en état de nous tranquilliser sur ce point, qui paraissait à tout le monde très-important à éclaircir, pour diminuer, disait-on, s'il était possible, les frais des lumières dans les appartements, dans un temps où tous les autres articles de la dépense des maisons augmentent considérablement tous les jours.

Je regardai avec beaucoup de satisfaction ce goût général pour l'économie; car j'aime infiniment l'économie.

Je rentrai chez moi et me couchai vers les trois heures après minuit, l'esprit plein du sujet qu'on avait traité. Vers les six heures du matin, je fus réveillé par un bruit au-dessus de ma tête, et je fus fort étonné de voir ma chambre très-éclairée. Encore à moitié endormi, j'imaginai d'abord qu'on y avait al-

(1) Célèbre lampiste du temps, inventeur des lampes qui portent encore son nom.

lumé une douzaine de lampes de M. Quinquet ; mais en me frottant les yeux, je reconnus distinctement que la lumière entrait par mes fenêtres. Je me levai pour savoir d'où elle venait, et je vis que le soleil s'élevait à ce moment même des bords de l'horizon, d'où il versait abondamment ses rayons dans ma chambre, mon domestique ayant oublié de fermer mes volets. Je regardai mes montres, qui sont fort bonnes, et je vis qu'il n'était que six heures ; mais trouvant extraordinaire que le soleil fût levé de si bon matin, j'allai consulter l'almanach, où l'heure du lever du soleil était effectivement fixée à six heures précises pour ce jour-là. Je poussai un peu plus loin ma recherche, et je lus que cet astre continuerait de se lever tous les jours plus matin jusqu'au mois de juin; mais qu'en aucun temps de l'année, il ne retardait son lever jusqu'à huit heures. Vous avez sûrement, Messieurs, beaucoup de lecteurs des deux sexes qui, comme moi, n'ont jamais vu le soleil avant onze heures ou midi, et qui lisent bien rarement la partie astronomique du calendrier de la cour; je ne doute pas que ces personnes ne soient aussi étonnées d'entendre que le soleil se lève de si bonne heure, que j'ai été moi-même de le voir. Elles ne le seront pas moins de m'entendre assurer *qu'il donne la lumière au moment même où il se lève;* mais j'ai la preuve du fait. Il ne m'est pas possible d'en douter. Je suis témoin oculaire de ce que j'avance, et, en répétant l'observation les trois jours suivants, j'ai obtenu constamment le même résultat.

Je dois cependant vous dire que, lorsque j'ai fait part de ma découverte dans la société, j'ai bien démêlé dans la contenance et à l'air de beaucoup de personnes un peu d'incrédulité, quoiqu'elles aient eu assez de politesse pour ne pas me le témoigner en termes exprès.

Cet événement m'a fait faire plusieurs réflexions sérieuses et que je crois importantes. J'ai considéré que sans l'accident qui m'a éveillé ce jour-là si matin, j'aurais dormi environ six heures de plus, pendant lesquelles le soleil donnait sa lumière; et par conséquent j'aurais vécu six heures de plus à la lueur des bougies. Cette dernière manière de s'éclairer étant beaucoup plus coûteuse que la première, mon goût pour l'économie m'a conduit à me servir du peu d'arithmétique que je sais, pour quelques calculs sur cette matière; et je vous les envoie, Messieurs, en vous faisant observer que le grand mérite d'une invention, est son utilité, et qu'une découverte dont on ne peut faire aucun usage, n'est bonne à rien.

Je prends pour base de mon calcul, la supposition qu'il y a cent mille familles à Paris, qui consomment chacune, pendant la durée de la nuit, et les unes dans les autres, une demi-livre de bougie ou de chandelle par heure. Je crois cette estimation modérée, car quoique quelques-unes consomment moins, il y en a un grand nombre qui consomment beaucoup davantage. Maintenant je compte environ sept heures par jour pendant lesquelles nous sommes encore couchés, le soleil étant sur l'horizon; car il se lève pendant six mois entre six et huit heures avant midi, et nous nous éclairons environ sept heures dans les vingt-quatre, avec des bougies et des chandelles. Ces deux faits me fournissent les calculs suivants:

Les six mois du 20 mars au 20 septembre me donnent cent quatre-vingt-trois nuits. Je multiplie ce nombre par sept, pour avoir le nombre des heures pendant lesquelles nous brûlons de la bougie ou de la chandelle, et j'ai douze cent quatre-vingt-un. Ce nombre multiplié par cent mille, qui est celui des familles, donne cent vingt-huit millions, cent mille heures de consommation. A supposer, comme je l'ai dit, une demi-livre de bougie ou de chandelle consommée par chaque heure dans chaque famille, on aura soixante-quatre millions, cinquante mille livres pesant de cire ou de suif consommés à Paris, et si l'on estime la cire et le suif, l'un dans l'autre, au prix moyen de 30 sous la livre, on aura une dépense annuelle de 96,075,000 livres tournois, en cire et en suif ; somme énorme ! que la seule ville de Paris épargnerait en se servant, pendant les six mois d'été seulement, de la lumière du soleil, au lieu de celle des chandelles et des bougies; et voilà, Messieurs, la découverte que j'annonce et la réforme que je propose.

Je sais qu'on me dira que l'attachement aux anciennes habitudes est un obstacle invincible à ce qu'on adopte mon plan ; qu'il sera plus que difficile de déterminer beaucoup de gens à se lever avant onze heures ou midi ; et que, par conséquent, ma découverte restera parfaitement inutile ; mais je répondrai qu'*il ne faut désespérer de rien*. Je crois que toutes les personnes raisonnables qui auront lu cette lettre, et qui, par ce moyen, auront appris qu'il fait jour aussitôt que le soleil se lève, se détermineront à se lever avec lui ; et quant aux autres, pour les faire entrer dans la même route, je propose au gouvernement de faire les règlements suivants :

1°. Mettre une taxe d'un louis sur chaque fenêtre qui aura des volets empêchant la lumière d'entrer dans les appartements aussitôt que le soleil est sur l'horizon.

2°. Établir, pour la consommation de la cire et de la chandelle dans Paris, la même loi salutaire de police qu'on a faite pour diminuer la consommation du bois pendant l'hiver qui vient de finir ; placer des gardes à toutes les boutiques de ciriers et de chandeliers, et ne pas permettre à chaque famille d'user plus d'une livre de chandelle par semaine.

3°. Faire sonner toutes les cloches des églises au lever du soleil ; et si cela n'est pas suffisant, faire tirer un coup de canon dans chaque rue, pour ouvrir les yeux des paresseux sur leur véritable intérêt.

Toute la difficulté sera dans les deux ou trois premiers jours, après lesquels ce nouveau genre de vie sera tout aussi naturel et tout aussi commode que l'irrégularité dans laquelle nous vivons ; *car il n'y a que le premier pas qui coûte.* Forcez un homme de se lever à quatre heures du matin, il est plus que probable qu'il se couchera très-volontiers à huit heures du soir, et qu'après avoir dormi huit heures, il se levera sans peine à quatre heures le lendemain matin.

L'épargne de cette somme de 96,075,000 livres tournois qui se dépensent en bougies et chandelles, n'est pas le seul avantage de mon économique projet. Vous pouvez remarquer que mon calcul n'embrasse qu'une moitié de l'année; et que, par les mêmes raisons, on peut épargner beaucoup, même dans les six mois d'hiver, quoique les jours soient plus courts. J'ajoute que l'immense quantité de cire et de suif qui restera après la suppression de la consommation de l'été, rendra la cire et le suif à meilleur marché l'hiver suivant, et pour l'avenir, tant que la réforme que je propose se soutiendra.

Quoique ma découverte puisse procurer de si grands avantages, je ne demande pour l'avoir communiquée au public avec tant de franchise, ni place, ni pension, ni privilége, ni aucun autre genre de récompense. Je ne veux que l'honneur qui doit m'en revenir, si l'on me rend justice. Je prévois bien que quelques esprits étroits et jaloux me le disputeront, qu'ils diront que les anciens ont eu cette idée avant moi, et peut-être trouveront-ils quelques passages dans de vieux livres pour appuyer leur prétention. Je ne leur nierai point que les anciens ont connu en effet les heures du lever du soleil; peut-être ont-ils eu, comme nous, des almanachs où ces heures étaient marquées; mais il ne s'ensuit pas de là qu'ils aient su ce que je prétends avoir enseigné le premier, qu'*il nous éclaire aussitôt qu'il se lève;* c'est là ce que je revendique comme ma découverte.

En tout cas, si les anciens ont connu cette vérité, elle a bien été oubliée depuis et pendant longtemps; car elle est certainement ignorée des modernes, ou au moins des habitants de Paris; ce que je prouve par un argument bien simple. On sait que les Parisiens sont un peuple aussi éclairé, aussi judicieux, aussi sage qu'il en existe dans le monde:

tous, ainsi que moi, ont un grand goût pour l'économie, et font profession de cette vertu; tous ont de très-bonnes raisons pour l'aimer. Or, cela posé, je dis qu'il est impossible qu'un peuple sage, dans de semblables circonstances, eût fait si long-temps usage de la lumière fuligineuse, malsaine et dispendieuse de la bougie et de la chandelle, s'il eût connu, comme je viens de l'apprendre et de l'enseigner, qu'on pouvait s'éclairer pour rien de la belle et pure lumière du soleil.

J'ai l'honneur d'être, etc.

Un abonné (1).

---

(1) Cette lettre, écrite en français par Franklin, a été insérée dans le *Journal de Paris* du 26 avril 1784.

XIV.

LA PERTE DE LA VIE (1).

Anergus était un gentilhomme d'une belle fortune, élevé à ne rien faire. Il ne savait comment s'y prendre pour perdre agréablement ses journées; il n'avait ni penchant pour aucun des exercices ordinaires de la vie, ni goût pour aucun travail d'esprit. Il passait communément dix heures sur les vingt-quatre dans son lit; restait assoupi sur un canapé encore deux ou trois heures, et le soir, en consumait quelques autres à boire, lorsqu'il se trouvait en compagnie de son humeur. Il tuait avec beaucoup d'indolence les cinq ou six qui lui restaient. Leur principal emploi était de combiner le repas, et de repaître son imagination de l'attente d'un dîner ou d'un souper, non qu'il fût positivement un gourmand, ni un homme voué exclusivement au plaisir de la table, mais parce que, ne connaissant pas un meilleur usage de ses pensées, il les laissait errer sur ces soins matériels. Il avait trouvé moyen d'user ainsi dix années, depuis l'époque où il était devenu maître de son patrimoine, et même, par l'abus qu'on fait aujourd'hui des mots, on l'appelait un homme vertueux, parce qu'il était connu pour s'enivrer rarement et pour n'être pas fort enclin à la débauche.

Un soir qu'il était seul à rêver, ses pensées vin-

(1) Morceau inséré dans la *Gazette de Philadelphie*, le 18 novembre 1736.

rent à prendre une direction inaccoutumée; car il porta ses regards en arrière, et commença à réfléchir sur son genre de vie. Il songea qu'un bon nombre d'êtres vivants s'était trouvé sacrifié à alimenter son individu, et qu'une énorme quantité de blé et de vin avait été mêlée à ces sacrifices. Il n'avait pas complétement oublié tout ce qu'on lui avait montré d'arithmétique pendant son enfance, et il se mit à calculer l'état de ce qu'il avait dévoré jusqu'à ce qu'il fût parvenu à l'âge d'homme.

» Environ une douzaine de créatures emplumées, petites et grandes, se dit-il à lui-même, ont, chaque semaine, l'une dans l'autre, donné leurs vies pour prolonger la mienne; ce qui, en dix ans, se monte au moins à six mille.

» Cinquante moutons ont été sacrifiés par an, avec une demi-hécatombe de bétail, dont les morceaux les plus délicats ont été offerts sur ma table en holocauste. Ainsi un millier d'animaux a été immolé dans les troupeaux en dix ans de temps, pour me nourrir, sans compter ce que les forêts m'ont fourni. Plusieurs centaines de poissons de toute espèce, et quelques milliers de menu fretin, ont été privés de la vie pour mes repas.

» Une mesure de blé me fournirait difficilement assez de fine fleur de farine pour la provision d'un mois, ce qui fait environ six vingts boisseaux; et bien des tonneaux de bière, vins et autres liqueurs ont été engloutis dans mon corps, misérable passage de tant d'aliments et de boissons.

» Et qu'ai-je fait pendant tout ce temps pour Dieu ou les hommes? Quelle profusion de biens pour un être indigne, pour une vie inutile. Il n'est pas jusqu'à la plus chétive créature de toutes celles que j'ai dévorées, qui n'ait répondu mieux que moi à la fin pour laquelle elle avait été créée. Leur destination était d'alimenter l'homme, et elles l'ont fait. Chaque coquillage, chaque huître que j'ai mangée, chaque grain de blé que j'ai broyé, ont rempli leur place dans l'échelle des êtres, avec plus de convenance et d'honneur que moi! O perte ignomineuse de vie et de temps! »

Anergus poursuivit ses réflexions morales avec une force de raison si juste et si sévère, qu'il se contraignit lui-même à changer tout son genre de vie, à rompre tout d'un coup avec ses extravagances, et à acquérir quelques connaissances utiles, quoiqu'il eût passé déjà sa trentième année. Il vécut long-temps encore en homme d'honneur et en excellent chrétien; se rendit, dans son intérieur, utile à son prochain, et, au sénat, remplit le rôle brillant d'un patriote. Il mourut en paix avec sa conscience, et les larmes de ses concitoyens coulèrent sur sa tombe.

Le monde, qui connaissait toute l'histoire de sa vie, est resté surpris d'un changement si complet, et a regardé sa réforme comme miraculeuse : lui-même a reconnu et adoré la main de Dieu, et l'a remercié de l'avoir transformé de brute en homme.

Mais un tel exemple est extraordinaire; l'on pourrait presque se hasarder à l'appeler *un miracle.* Combien, dans ce siècle corrompu, n'y a-t-il pas de nos jeunes gens des deux sexes, dont la vie s'écoule ainsi dans une perte totale, sans qu'un dernier retour sur eux-mêmes les décide à se rendre utiles?

FIN.

TABLE
DES MATIÈRES.

PETITE BIBLIOTHÉQUE

DES ÉCOLES PRIMAIRES.

2e. SÉRIE. — 10 VOL. DE 72 PAGES CHACUN.

Prix de chaque volume broché : 4 sous; et cartonné, 5 sous.

1°. *Premier livre de lecture* à l'usage des écoles primaires.

2°. *Petite civilité chrétienne* ou *Règles de la bienséance.*

3°. *Petit livre de prières* à l'usage des écoles primaires catholiques.

4°. *Premières connaissances*, par Théodore Soulice.

5°. *Élémens de chronologie*, par le même.

6°. *Beaux traits de vertu et de courage* qui ont mérité à leurs auteurs les prix Monthyon.

7°. *Histoire du petit Jack*, traduit de l'anglais.

8°. *La science du bonhomme Richard* et *autres opuscules* de Franklin.

9°. *Petite morale en action.*

10°. *Histoires tirées de la Bible et de l'Évangile.*

PARIS. — IMPRIMERIE ET FONDERIE DE FAIN, RUE RACINE, N°. 4, PLACE DE L'ODÉON.

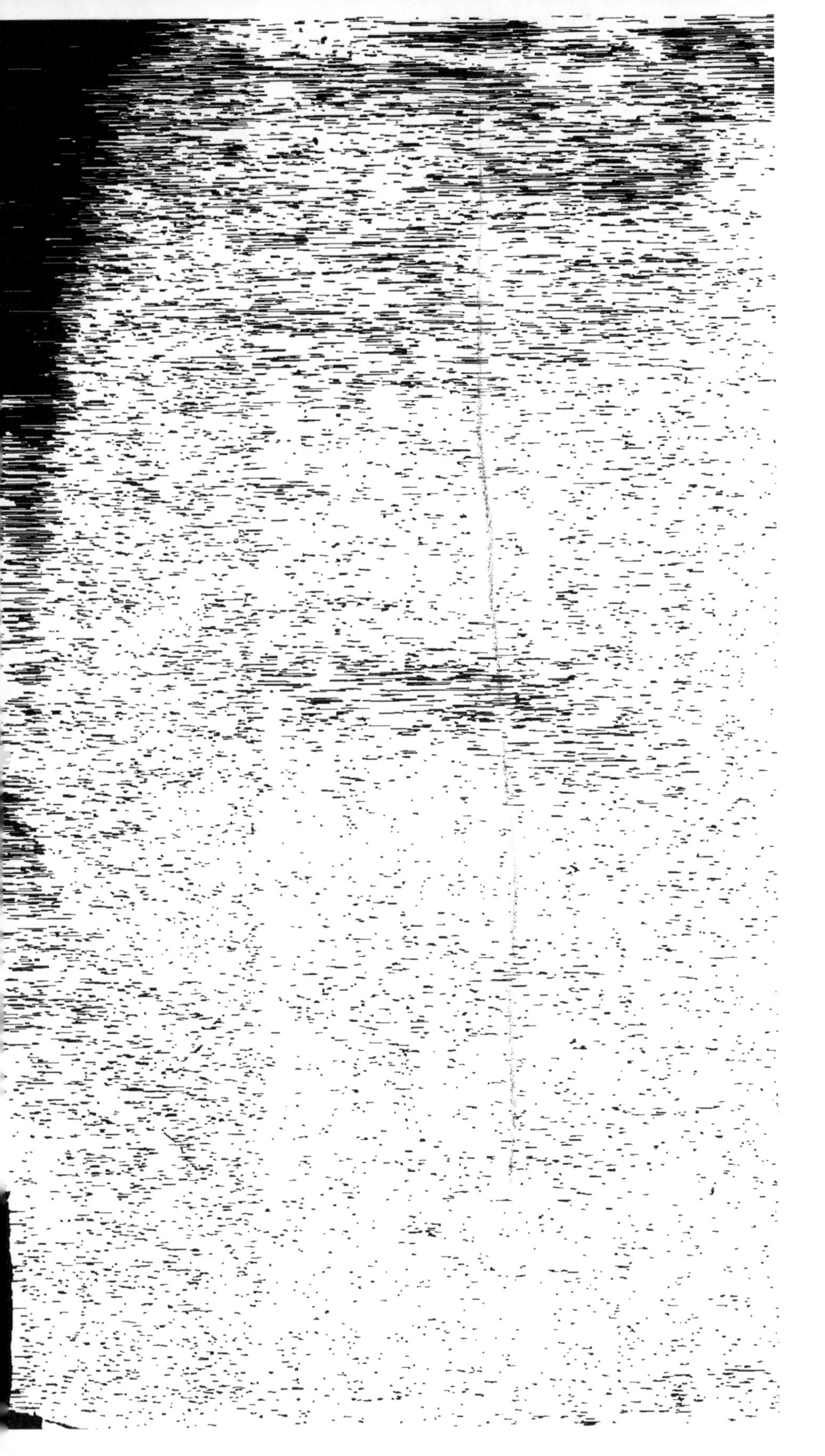

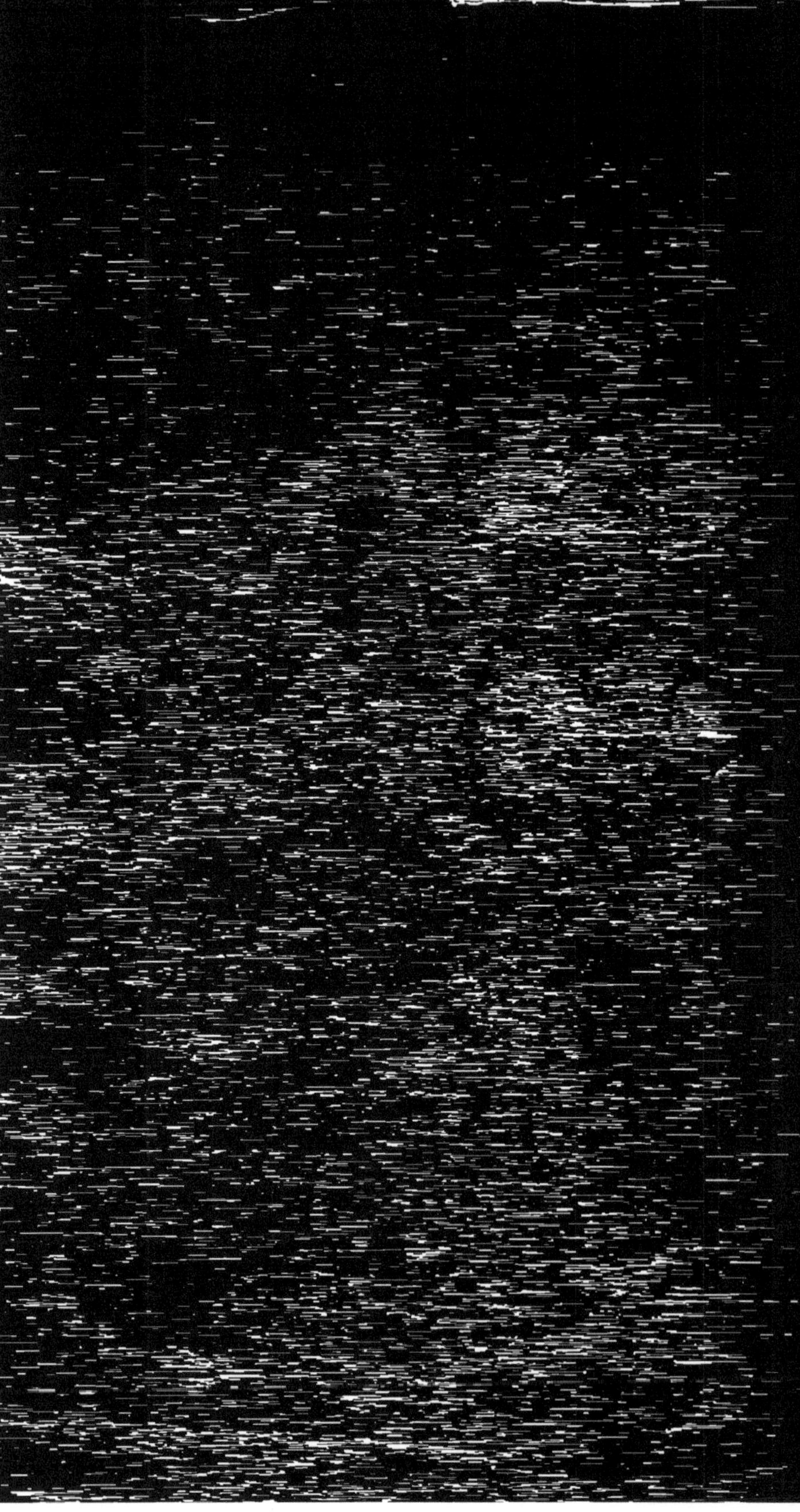

www.ingramcontent.com/pod-product-compliance
Ingram Content Group UK Ltd.
Pitfield, Milton Keynes, MK11 3LW, UK
UKHW020341250726
13967UKWH00005B/2066